ラルーナ文庫

転生騎士に捧げる王の愛と懺悔

はなのみやこ

JN229326

三交社

CONTENTS

Illustration

ヤスヒロ

転生騎士に捧げる王の愛と懺悔

本作品はフィクションです。
実際の人物・団体・事件などにはいっさい関係ありません。

1

最初に視界に入ってきたのは、まるで彫刻のように整った顔だった。

顔の中の全てのパーツが正しい位置に収まっているような、そんな顔。太すぎず細すぎない、整った眉に高い鼻梁に、切れ長の瞳は翠色だ。

記憶の中にある男の顔よりも少し大人びてはいるが、どこか冷たさを感じる美しさは全く変わっていなかった。

呆然と見据える櫂斗に対し、櫂斗の顔を見た男の表情には安堵が浮かび、その瞳は細められた。

「エリアス……」

自分を呼ぶ男の声は震えていた。喜びからか、翠色の瞳は涙ぐんでいる。

ああ、懐かしい。記憶の中と同じ声色に、自然とそう思った。

さらに、男は久方ぶりに会う愛しい恋人に向けるかのような表情を櫂斗に向けた。その優しい眼差しに戸惑い、怯みそうになる。けれど、それはほんの一瞬のことだった。

忘れるな。この男にかつての自分が、エリアスがどんな目にあったのかを。

だからしっかりと、睨(にら)むように男、リーンハルトの顔を見つめる。

「違う」

櫂斗が言葉を発した途端、リーンハルトの瞳が見開かれた。さらに、櫂斗は言葉を続ける。

「俺は、エリアスじゃない。そして、あんたの騎士でもない」

驚きながらも、リーンハルトが口を開こうとしているのはわかった。けれど櫂斗は、それを強引に遮った。

「前世の俺が、エリアスがどうだったかなんて関係ない。俺はあんたを、絶対に許さない」

櫂斗がそう言った途端、リーンハルトの表情が凍りついたのがわかる。

なんで、そんな顔をするんだよ……！

明らかに傷ついたような顔をするリーンハルトに苛立(いらだ)ち、拳(こぶし)を握りしめる。

俺を、エリアスを切り捨て、殺したのはお前なのに……！

◇◇◇

輪廻(りんね)の輪は巡る。この世で生を終えた人間は、また別の人間へと生まれ変わる。

この世界の宗教にも存在する概念は、かつて櫂斗が生きていた世界においても信じられていた。自分が誰（だれ）かの生まれ変わりであること、今生きている世界とは全く違う世界での記憶が存在することに櫂斗が気づいたのは、十歳になったばかりの頃だ。

きっかけはなんだったのか、正確にはよく覚えていない。ただ当時通っていた小学校の授業で、色々な国の風景を見る機会があり、その中のヨーロッパの古城と森の映像に、強く惹（ひ）かれるものがあった。

周りの女子児童たちがお伽話（とぎばなし）の世界みたいだと喜んでいたが、そういった感覚とも少し違う。櫂斗はその景色に既視感、見覚えがあると思ったのだ。

元々、櫂斗の身体（からだ）には四分の一ほどヨーロッパの、ドイツ人の血が入っている。

髪色は漆黒だが、瞳の色が碧色（あおいろ）なのは先祖返りだろうと母親からは言われていた。

とはいえ、櫂斗自身はドイツに行ったこともないし、話を聞いた後もそれほど興味は持たなかった。

けれど、授業で見た映像は、櫂斗の脳裏に深く、強烈に焼きついた。

そして放課後、学童保育が行われている図書館でヨーロッパの古城や森が載っている本を夢中になって調べた。

……なんだろう、これ。

自分にとって全く関係のない場所のはずなのに、強く感じる郷愁の念。懐かしさに胸がいっぱいになり、この場所に帰りたいとすら思ってしまった。

そしてそんな思いを抱えたまま、眠りについたからだろう。その晩、櫂斗は夢を見た。

夢の中の櫂斗は、エリアスと呼ばれる少年で、不思議なことに容貌は櫂斗と瓜二つだった。

そのため、最初櫂斗はそこが夢であるとはわからず、ひどく混乱してしまった。

けれど、姿こそよく似ているもののエリアスは櫂斗とは別の人格を持っており、櫂斗の意志とは違う行動を起こしていた。

エリアスが何を考え、何を思っているのかはわかるのだが、エリアスの意志決定に櫂斗は介入できないのだ。まるで過去に起こった出来事を映像で見せられているような、そんな感じだった。

エリアスは、櫂斗が本で見た城のような大きな屋敷に住んでいた。けれど、屋敷の使用人たちはみなエリアスに対して余所余所しく、さらに家族からは忌避されていた。

使用人たちの話を聞く限り、エリアスは貴族の生まれではあるが母親は平民の出で、母親が死んだことにより最近父親である公爵に引き取られたようだ。

母親と暮らしていた時とは違い、裕福な生活を送ってはいるものの、エリアスの表情はいつも寂しげだった。

容貌が自分と似通っていることもあるのだろう。櫂斗はエリアスにいつの間にか感情移入をしていた。自分がもし近くにいたら、友達になれるのに、と。

けれどそう思ったところで、燿斗の目は覚めた。

これまでも燿斗は夢を見たことはあるが、時間が経つにつれ夢の記憶はなくなっていった。けれどエリアスに関する夢の記憶はなくならず、むしろ時間が経つにつれ色濃くなっていった。

さらに、その次の日の夜も、そのまた次の日の夜も燿斗はエリアスの夢を見た。

燿斗自身も以前のエリアスと同じ、母子家庭だったこともあるのだろう。一月も経つ頃には、エリアスは違う世界に住むもう一人の自分なのではないかと、そんな想像をしていた。

内向的な少年だったエリアスだが、頭脳は明晰で、そして努力家だった。成長するにつれその才能の片鱗を見せるようになる。

貴族の子弟の多くが入学する軍の幼年学校ではその才能を開花させ、多くの人間たちに慕われるようになる。

さらにエリアスの運命は、一人の人間との出会いにより大きく変わる。

十六になったエリアスは、父である公爵の命により、ウェスタリア王国・王太子、リーンハルトの教育係となる。

王太子とはいえ、母である王妃は既に亡くなっていたリーンハルトの立場は強くなく、次期国王はリーンハルトの異母弟であるハインリヒではないかと周囲は予想していた。

王太子でありながらリーンハルトの王宮内での扱いは決して良いものではなく、そういった環境の中で育ったからか、出会った頃のリーンハルトは気弱でおとなしい少年だった。

周囲に頼れる人もいなければ、自己肯定感も低く、自信もない。

そんな姿が、かつての自分と重なったのだろう。この小さき主に仕えようと誓ったエリアスは、リーンハルトを王にすべく奔走した。

自分のあらゆる知識をリーンハルトへ教え、心身を鍛えさせ、王とはどうあるべきかを徹底的に学ばせた。厳しくもあったが、これ以上ないほどの愛情を持って接していた。

エリアスの努力により、数年後にリーンハルトは見違えるほどに立派な王太子となった。

そしてこの時期、隣国との戦争が起こり、リーンハルトの命を受けたエリアスは戦場でも才を発揮する。そんなエリアスの活躍もあったのだろう。誰もがリーンハルトを次期王と認め、また戦果を挙げ続けるエリアスは軍神とも呼ばれるようになっていた。

家族から煙たがられ、孤独だった少年が、王の一番の信頼を受ける騎士となったのだ。

まるで物語のような英雄譚に、燿斗はどんどんのめりこんでいった。

エリアスの頑張りを最も近い場所で見てきた燿斗は感動し、胸が打ち震えた。

あくまで夢の中の出来事ではあるが、エリアスの存在は燿斗の行動や考えにも大きく影響した。

「最近の耀斗、よく頑張ってるって面談で先生に褒められたわよ」

耀斗が自宅のリビングで宿題をしていると、帰ってきた母親が楽しそうに言った。

そういえば朝、仕事の帰りに学校の面談に出てくると言っていた。母親の帰宅時間はいつもと変わらないため、すっかり忘れていた。

「耀斗は運動も勉強もできるのに、勉強に関してはいまいちやる気がなかったでしょう？　これくらいでいいやっていう感じで、セーブしちゃってたっていうか。でも、最近はなんにでもすごく一生懸命に取り組んでるって、先生仰ってたわよ」

「え？　そうかな？」

面と向かって褒められると、どうも照れくさい。でも確かに、元々スポーツは好きだったが、勉強に関してはそこまで興味が持てなかったかもしれない。

「そうよ。ご家庭で何かあったんですかって聞かれたけど、何もないわよね？」

夢の話は、母親にはしていなかった。なんとなく、自分の中の秘密にしておきたかったからかもしれない。

「何もないよ。ただ、一生懸命に何かをするって、頑張るって、かっこいいと思ったんだ」

エリアスはその高い能力を国と、そしてリーンハルトのために使っていた。誰かのために努力できるエリアスは、耀斗にとってとても格好よく映った。

嬉(うれ)しそうだった。

「お母さんも、そう思う」

どうしてそう思ったのかは、聞かれなかった。それでも、そう言った母親の顔はとても嬉しそうだった。

思春期の少年が、漫画やアニメの主人公や歴史上の英雄に憧(あこが)れるように、耀斗はエリアスの生き方に感銘を受けた。

毎晩のようにエリアスの人生を疑似体験しているのもあるのだろう。自分も一生懸命学んで、誰かのために頑張ることができる人間になりたい。そう思い、色々なことを頑張るようになった。

けれど、ちょうど中学に上がった頃だった。毎晩見ていたエリアスの夢は、唐突に終わった。エリアスが、その三十年足らずの短い生を終えてしまったからだ。

早世の理由は、病気でも事故でも、そして戦死でもなかった。

敵国の捕虜となったエリアスは、長い尋問と過酷な拷問の末、獄中死という結末を迎えた。

捕虜となったのも、エリアスの考えた作戦が失敗したわけでも、相手の方が上手だったわけでもない。単純に、ウェスタリア内部の権力闘争に負けたのだ。

歯車が狂い始めたのは、リーンハルトが次期国王となったことだった。それにより、周囲の態度は一変した。これまで見向きもしなかった家臣や有力貴族たちが、みなリーンハルトを持て囃すようになったのだ。それにより、リーンハルトに懸命に仕えてきたエリアスとの関係にも、亀裂が入った。

　才覚があるとはいえ、リーンハルトはまだ十代の青年だ。陽の目を見ない、不遇な立場だったこともあり、周囲の甘言はリーンハルトの耳に心地よく入っていった。逆にエリアスの苦言は、リーンハルトにとっては煩わしく感じられたのだろう。

　さらに、エリアスも父は高位貴族とはいえ、母は平民だ。そんな人間が騎士団でも高い地位を得て、リーンハルトの信を受けていることが面白くない人間も多かったはずだ。

　エリアスは身に覚えのない内通者の疑いを受け、そのまま戦場に出て敵国の捕虜となった。

　敵国から要塞を死守している途中、予定していた援軍が来なかった。そしてこの作戦の指揮をとっていたのは、リーンハルトだった。

　つまり、エリアスの隊はリーンハルトに見捨てられたのだ。

　誰に疑いをかけられようとも、リーンハルトが信じていてくれればそれでいい。そんなエリアスの儚い願いも通じることはなく、その短い生涯を終えた。

　あんなにも、エリアスはリーンハルトに忠誠を誓い、その身の全てをかけ、仕えていたというのに。

そしてようやく櫂斗は思い出した。かつての自分が、エリアスとして生きていたことを。

同時に、思った。

エリアスのように人を信じ、誰かのために何かをしたりなんてしない。

誰かに搾取され、踏みにじられる生き方なんて絶対にしたくない。

自分は、自分のためだけに生きようと。

◇◇◇

静まりかえった大講堂には、ぎっしりと、たくさんの人間が集まっていた。

大講堂は現代的な建物が多い軍大学の中では珍しく、煉瓦造りというクラシカルな様相になっている。詳しくは知らないが、大講堂だけは一世紀以上前に作られた歴史ある建物なのだそうだ。

着席している多くは軍大学の学生たちで、伝統的な灰色の軍服もこの半年見慣れていた。

それだけならば、普段の大学の講義と変わらないのだが、今日は学生たちの顔つきからしていつもとは違っていた。

最前列に座っているのはスーツの男性と、学生と同じ軍服を着ているものの、階級を示す菱形の数や徽章の数が明らかに違う将官たち。つまり、ドイツ国防軍のお偉方がずらりと座っていた。

大講堂の空気がピリッとした緊張感で溢れているのも、彼らの存在によるものだろう。国が違っても、軍隊組織に属していれば階級が上の人間に対しては畏怖の念を持つ。櫂斗も例外ではなく、名前が呼ばれ講堂の前方へ行くまでは手のひらが冷たかった。

まだ二十歳そこそこの学生、しかも日本人である自分が海外の軍大学でその国の高官たちの前でプレゼン、研究発表を行うのだ。あまりの緊張から、声が出なくなるのではないかと、直前まで指導をしてくれていた教授からも心配されていた。

けれど、いざ教卓の前に立つと、不思議と緊張はなくなっていた。

――別に、失敗したからといって死ぬわけじゃない。いつも通りにやればいい。

むしろこんなふうにたくさんの人間に囲まれるのを、どこか懐かしいとすら思った。

「ご紹介に与りました、清武櫂斗です。これから、近代戦における戦車を使用した戦術・研究を発表します」

櫂斗は笑みを浮かべ、自身の背後にある大きなスクリーンにパソコンの画面を映した。

櫂斗がプレゼンを終えると、割れんばかりの大きな拍手が講堂内に起こった。

内容に対する純粋な賛辞を送ってくれている人間もいるが、不満げな顔もちらほら見えた。国防省の高官の前で研究成果を発表するのだ。この場に立ちたかった学生は多かったはずだ。

ただ、櫂斗は別に希望してこの場にいるわけではなかった。

学内で最も優れたレポートを作った学生を代表者にと決めたのは軍大学の戦術教官だ。

櫂斗自身、外国人である自分が選ばれるとは思わなかった。自国の学生を差し置いて留学生という外様(とざま)の自分が選ばれたのだ。当然、面白くない学生だっているだろう。

すぐに質疑・応答へ移り、恰幅(かっぷく)のよい白髪交じりの金髪の男性がマイクを持った。

「素晴らしい内容だったよ。学生の君が作ったとは思えない、綿密な作戦だった。まるで、実際に戦場を経験しているかのような、そんな手腕だ」

「ありがとうございます」

謙遜(けんそん)はせず素直に礼を言う。堂々とした姿を見せていた方が、この国では心証がよい。

まあ、実際戦場には立ったことがあるんだけど。あくまで夢の中、前世での出来事ではあるが、騎士団を率いていたエリアスは幾度も過酷な戦場を生き抜いてきた。

正規の軍人（正確には自衛官だが）にもなっていない、士官候補生である櫂斗が高い戦術眼を持つのは、エリアスの記憶を有していることが大きい。

ただ、それを伝えるつもりはないし、そもそも相手の高官だって本気で思っているわけではないだろう。

「我が国にとって歴史的に戦車は重要な役割を果たしてきたからね。君の戦術はぜひ参考にしたいところなんだが……実際のところは、どうなのかな？」

「……と、いいますと」

「この作戦は、実践ではどこまで有効だと思う？」

皺(しわ)の多い高官が、ニッと口の端を上げた。

櫂斗はちらりと、スクリーンにある図面に視線を預け、もう一度高官に目を向ける。

「わかりません」

さらりと答えれば、講堂内が少しざわついた。高官も、面食らったような顔をしている。

「古代中国に、趙括(ちょうかつ)という武将がいました。名将の子として生まれ、幼い頃より兵談義に長(た)けていたそうです。しかし、いざ指揮をとった趙括は戦で大敗、自軍を壊滅させました。紙の上で兵略を議論したところで、実際のところはわからない、紙上談兵という言葉の語源にもなりました」

「……君の戦術も、そうだと言いたいのかね？」

「いえ、十分実践可能な戦略を練りました。おそらく、よほどのことがない限り有効だと思います。ただ、実際の戦場ではどうなるかはわかりません。それくらい、戦場では予測不可能なことが起こりますから」

「そうか……わかった、ありがとう」

櫂斗の言葉に、高官は狐(きつね)につままれたような顔をしていた。

……生意気だと思われたかな。

確かに、一介の学生の口から出てくる言葉ではなかったかもしれない。

耀斗は他国の人間ではあるが、国防省の高官に好感を持たれればどこかで有用に作用しただろう。それこそ、将来の駐在武官や外務省への出向という可能性もあった。

けれど、耀斗は別に出世がしたいわけではない。わざわざ反感を持たれるような行動はとらないが、かといって必要以上に媚びを売る必要はない。

かつてのエリアスのように、権力闘争に巻き込まれるのは御免だった。

その後も質問はいくつか続いたが、耀斗は全てさらりと、淡々と回答を終えた。


「カイト！」

講堂を出たところで、耀斗の姿に気づいた青年が、友人たちの輪を抜けてこちらへとやってくる。

「発表、すごかったな！　研究発表って結構長さもあるからみんな途中でぐだぐだになったりするのに、最後まで聞いてたよ。内容がそれだけ面白かったからだろうな」

「ありがとう。でも、ハンスは一度聞いてるだろう？」

「そりゃそうだけど、何度聞いても面白いものは面白いし。それに、あの場所であれだけ堂々とプレゼンできるのがすごいんだよ」

「それはまあ、失敗しても死ぬわけじゃないし」

耀斗自身、思ったことをそのまま言ったつもりだったのだが、周囲にはそう聞こえなかったのだろう。

「死ぬわけじゃないって……随分大層なことで」

「さすが、最優秀学生様は言うことが違う」

「残念ながら、俺たち下々の者には理解できない考えをお持ちなんだろう」

少し離れた場所にいた、長身の学生たちの嘲笑交じりの声が聞こえてきた。

しっかりとした体躯を持った優秀な、将来の将官候補とも言われている学生たちだ。確か、父親が国防省の高官だという者もいたはずだ。耀斗のような留学生に晴れの場を奪われれば面白くはないだろう。

「言葉の通り、発表に失敗したところで死ぬわけじゃないって意味だよ。実際の戦場に立つことを考えれば、怖くもなんともない」

ただ言われっぱなしでいるほどお人よしではないため、とりあえず言葉は返しておく。

まさか言い返されるとは思わなかったのだろう。三人が驚いたような顔でこちらを見る。

「いやいや、戦場って」

「なんだ、考えたことがないのか？　それとも、士官である自分は安全な後方で指揮をするだけで危険はないとでも？」

「軍大学は士官を養成するための学校で、俺たちは指揮官になるんだ。当然だろう？」

「確かに兵に比べれば命の危険は少ないだろうな。だが、自分がミスを犯せばたくさんの兵を失うことになる。俺が兵なら、他人の死の重みを感じられない人間の下で働きたくないな」

「な……！」

三人の学生たちの顔が、カッと赤くなる。

「カ、カイト！　そろそろ戻ろう！　最後、将官から何か言われてただろ？　気になってたんだ」

隣にいたハンスから腕を軽く引っ張られる。口論になっていることに気づいたのだろう。廊下にいた学生たちの視線がこちらへと向いている。櫂斗としても、見世物になるのは不本意だった。

「わかった」

櫂斗が頷くと、ハンスがホッとしたような顔をした。

「じゃあ」

一応礼儀として三人に声をかけ、そのままハンスと一緒にその場を後にする。

「……腰巾着(こしぎんちゃく)が」

ぼそりと呟(つぶや)かれた言葉は、ハンスに向けられたものだということはわかる。

　ムッとはしたが、言い返すのはやめておいた。ハンスだって軍大学の学生なのだ。無用な庇い立てをして、プライドを傷つけるようなことはしたくなかった。

「もう、ヒヤヒヤしたよ〜。カイトって顔に似合わず喧嘩っ早いところがあるよね」

　寮の自室に戻ると、ハンスが大きなため息をついた。資料を机の上に置いた櫂斗はデスクチェアに座り、ベッドに座ったハンスの方にぐるりと身体ごと向ける。

「顔に似合わず？」

「うん、日本から留学生が同室になるって聞いた時にはどんなやつが来るのか楽しみにしてたんだけど。初めて見た時にはカイトがあまりにきれいでびっくりした」

「ああ、最初ハンスがなんか緊張してたのはそれか」

「カイトみたいな美人、なかなかいないし、しかも小柄だから。どう接していいかわからなかったんだよ」

「小柄って……俺の国では平均より高いんだからな？　この国の人間が高いんだよ」

　軍大学の入学基準に身長があるのかは知らないが、ほとんどの学生は櫂斗よりも背が高い。

「あと、ドイツ語も教科書通りの正確さだし、性格もおとなしい感じかと思ったんだけど……でも、話したら全然違った。そもそも全然おとなしくないし」

「悪かったな、イメージと違って」

「全然。糴斗は面白いよ」

軍大学は全寮制で、ほとんどの部屋は二人部屋だ。

ドイツに来たばかりの頃、同室のハンスには色々と世話になった。

基本的に、お人よしなのだろう。留学してそろそろ一年近くになるが、これといって親しい人間のいない糴斗に唯一話しかけてくるのもハンスだ。

「他のみんなも、糴斗の本当の性格を知ったら絶対好きになると思うんだけどな～」

「いや、それはないと思う」

「どうして?」

「基本的に自分勝手だし、優しくもないし。仲良くしたいとは思わないだろう」

前世のエリアスの姿を見ているからだろうか。日本にいた頃から、親密な人間関係は築いてこなかった。

「カイトは優しいよ、試験前には勉強だって教えてくれるし、訓練中も何度も助けてくれた」

「勉強は自分の復習にもなるし、訓練はグループで動いてるんだから助けるのが当たり前だろ」

言外に、ハンスのためではなく自分のためだということを伝える。

「そうなんだけど、でも、俺を助けてくれたのはカイトだけだったよ。そもそも、自分勝手な人間は軍人になんてならないだろ？」

「それもちょっと違うな……元々は医者を目指してたわけだし」

　エリアスとして生きた記憶があるからだろう。歴史や戦術には興味があった。それこそ、エリアスが捕虜となった戦いで、捕らわれる前に撤退する方法はなかったのか何度も考えた。戦術眼が異様に育ったのも、それがきっかけかもしれない。

「そうなの？　え？　どうして医者になるのはやめたんだい？」

「病気を治したいと思っていた母が、高校の時に亡くなったから」

　櫂斗がそう言えば、ハンスがショックを受けたような顔をする。なんと言葉をかけていいのか、わからないのだろう。

「別にもう何年も前の話だし、気にしなくていいよ」

　当時は悲しく、塞ぎこんだ時期もあったが、時間が経つにつれ母の死は受け入れられた。

「むしろその後が大変でさ。俺は母一人子一人で育ってきたんだけど、戸籍上の父親が出てきて引き取りたいって言いだしたんだ。父親の家族にとってみれば、突然出てきた俺は邪魔者でしかない。だから学費も生活費もかからない、防衛大学校を選んだ」

　ドイツで軍学校を選ぶ人間は、それなりに志を高く持った人間が多い。こんな話をしたら、幻滅されるだろうか。けれど過大評価されるのは本意ではないため、正直にすべてを話した。

「そっか……すごいね、カイトは」

「は？」

「きっかけはなんでも、厳しい士官学校での生活に耐えられるってすごいと思うよ。それに、やっぱりカイトは優しいと思う。将来、カイトの部下になる人間は幸せだね」

「お前の方が、よっぽど優しいと思うけどな」

燿斗がそう言えば、ハンスが照れたように笑った。

これまで、近しい人間を作ったことはなかった。ハンスと親しくしているのも、留学には期限があって、あと二カ月で帰国することがわかっているからだ。

日本に帰ればハンスは自分のことなど忘れてしまうだろう。多分このまま自分は、誰かと親密な関係を築くことも、誰かを愛することもないのだろう。

そう考えると、寂しい気持ちがないわけではないが、それでよかった。今度こそ、自分のために生きると決めたのだ。大切な人間なんて、作りたくなかった。

◇◇◇

……まずいな、この雨。

鈍色の空から、ぽつりぽつりと雨粒が降ってくる。

春から夏にかけて、ドイツでは多くの雨が降るが、春先の今は雨の日は少ない。

一年間の総まとめとなる実地での視察訓練も、天候が安定しているこの時期だから計画されたのだろう。けれど、訓練の場所が比較的高地の森の中ということもあり、予報は外れ、雨雲があたり一面を覆っていた。

スコールのような大雨になることはないが、降り続く雨は心も身体も地味にダメージを受ける。戦闘訓練ではないため、着ているのも戦闘服ではなく軍服だ。雨に濡れた場合、身体が重たくなる。

ちらりと横に視線を向ければ、ハンスが短い呼吸を繰り返している。もうこれ以上歩くのは難しいだろう。

「ハンス」

声をかけると、ゆっくりと視線をこちらに向けた。

「少し休もう。この雨の中歩いても体力が削られるだけだ」

「だけど、記録が……」

「気にしなくていいよ。時間までに戻れればベストだけど、遅くなったら遅くなったで探しに来てくれるだろうし」

そう言うと、ちょうど雨避けになりそうな木の幹へハンスを座らせた。

視察訓練は、地方にある森の中で行われ、指定されたポイントを通過して時間までに戻ってくるというものだ。二人一組のペアとなっているため、自然と燿斗はハンスと組むことになった。

やっぱり、朝の時点で止めるべきだったのかな。朝からハンスの調子はよくなそうだったが、本人が参加を希望したため燿斗も強く止めなかった。

訓練は午前中のうちに終わるはずだったし、荷物もそれほど多くない。少しの風邪なら大丈夫だと思ったが、認識が甘かったようだ。

一時間ほど歩いたところで、ハンスの熱はどんどん上がってきた。さらに、この雨だ。

「GPSも無線もダメになってるってのは痛いよな……腕時計のGPSも反応しないから、故障じゃないと思うんだけど。周りに他の学生がいるかもしれないから、少し見てくるよ」

着ていたジャケットを脱ぎ、座ったハンスの膝にかける。

「とりあえず、GPSと無線はハンスが持ってて」

訓練中はスマートフォンの持ち込みが禁止されているため、位置情報はGPSで、連絡は無線機を使用していた。無線機は各自に一つずつしか用意されていないし、ハンスは運悪く寮に忘れてきてしまったという。

「ごめん……俺のせいで……」

項垂（うなだ）れてハンスが謝った。

「だから気にしなくていいって、風邪ひいたのだって試験のために夜遅くまで頑張ってたからだろ。それより、教官に早く連絡して迎えに来てもらおう」

雨は相変わらず降り続いているが、雨足は強くはない。周辺を歩くくらいなら問題ないだろう。

時計を確認し、立ち上がろうとする。その時、隣にいるハンスから小さな笑い声が聞こえてきた。

「ハンス？　どうかした？」

熱が上がって、混乱しているのだろうか。

「いや、かわいそうだな～って思って。今までずっとトップを取り続けてたのに、最後の最後で全部努力が水の泡。俺みたいな落ちこぼれの世話をしたせいで。……本当、いい気味」

「……ハンス？」

「優秀で能力も高くて、いつも涼しい顔でなんでもこなして。どうせ俺のことだって見下してたんだろ？　二人一組なんだ、俺がダメになったことでお前も今回の訓練はリタイア。あ～せいせいした」

熱が高くなっているため、気持ちが高ぶっているのだろうか。

いつも以上に饒舌(じょうぜつ)なハンスに戸惑う。さらに、その内容だ。こんなふうに、ハンスは自分のことを思っていたのだろうか。

「……なーんてね」

「え？」

「今さ、カイトは驚いてはいたけど、あんまりショックは受けてなかったよね。なんかこう、どこかで『ああ、やっぱり』ってそんな顔してた」

「そんなことは、ないけど……」

「そんなことあるよ。多分カイトは、どこかで予防線を張っちゃってるんだよ。俺のことも信頼しているようで、もしかしたら裏切るんじゃないかって、そう思ってる。それで、裏切られた時にショックを受けないようにしてる。カイトの気持ちはわかるけど、ちょっと寂しかったな」

「気を悪くさせたなら、ごめん」

「カイトの元々の性格なのか、それとも過去に何があったのかは知らないけど。もうちょっと、人を信じてみてよ。カイトが信じないと、相手も信じてくれないよ。まあそれでも俺は、カイトのこと、大切な友達だと思ってるけど」

ぐったりとした様子でハンスが力なく笑う。

「ごめん、話しすぎて疲れちゃった。少し横になるね」

「ああ、少し周辺を見てきたら、すぐに戻ってくる」

頷いたハンスの横に、自分の水筒も置いていく。

容態は先ほどより落ち着いているようだが、早く暖かくして薬を飲ませてやりたい。

そう思い、立ち上がった櫂斗はゆっくりと足を踏み出した。


今回の視察訓練には広大な森が使われているが、軍の敷地は一部に過ぎない。そのため、少し歩けば他の学生が見つかるはずだと思ったのだが、残念ながら今のところ人っ子一人見当たらなかった。

幸い、長く降るかと思われた雨は歩いて十分ほど経ったところで止んだ。雨が止んだということは、出発地点まで戻った方が早いだろうか。ハンスは細身ではあるが、身長差があるため背に乗せるのは難しい。ただ、肩なら貸せるはずだ。

そこでふと、先ほどハンスから言われた言葉を思い出した。一年近く一緒にいたが、ハンスがあんなふうに考えているとは思いもしなかった。

人を信じてみて、か……。

何も知らないくせに、簡単に言ってくれると思う。でも、悪い気はしなかった。

とりあえず、ハンスを待たせている場所に戻ろう。そう思い、ゆっくりと振り返る。

「霧……？」

振り返った先にある、これまで歩いてきた道には霧がかかっていた。

慌てて前を向けば、霧はどんどん広がっているようで、先も見えなくなってしまっていた。

雨が降ったのだ。ある程度の霧は出てくるだろうが、こんなに前後が見えなくなるほど深いとは思わなかった。

まずい、とにかく戻らないと……。

闇雲に歩くのもよくないとは思ったが、ハンスのことも心配だ。ゆっくりと、木々を除けながら櫂斗は足を進める。

そのまま、十五分ほど経っただろうか。とうにハンスが待っている場所についているはずなのに、ハンスの姿どころか、景色はどんどん見覚えがないものになっていく。

土地勘があるわけではないが、櫂斗は空間認識能力には自信があった。

歩いている方向は間違いないはずだ。それなのに、目的としている場所から遠ざかっていくような感覚さえ覚える。

そういえば、今何時くらいだろう。

腕時計に目を落とした櫂斗は、思わず目を瞠る。ハンスと別れてから、既に三時間以上が経っていた。

確かに結構な距離を歩いたはずだが、さすがに三時間は経過していないだろう。

一体どういうことだと、空を見上げてみる。

「は……!?」

見上げた空には、先ほどまで森を覆っていた雨雲はなくなっていた。けれど、暗くなった空を見れば、日が暮れかかっているのがわかる。

おかしい、訓練がスタートしたのは午前中だったし、そこから半日以上経っているとは思えない。どういうことだと、自然と歩く速度も速くなる。

とにかく、早く出発地点に戻らなければと、焦燥感がどんどん募っていく。

何時間歩き続けただろう。既に足はクタクタで、頭も朦朧としてきた。おそらく脱水を起こしているはずだ。

ついに霧がなくなり、森を抜けた先が見えてくる。

よかった、ようやく元の場所に戻れた。顔を上げ、明るくなった視界の先を見つめる。

「え……」

森を抜けた先には、郊外の街の風景が広がっているはずだった。決して都会ではないが、それなりに多くの人家が並んでいた。

けれど、今櫂斗が見ているのは先ほど見た風景ではない。

深い森を抜けた先にある、青々とした草原。そしてそこから見える、高い城壁に囲まれた大きな街。外敵から攻められても、一度も落ちたことがない、難攻不落の城郭都市。

ウェスタリアの王都・リューベン。

燿斗の記憶の中にある、エリアスが生きた場所だった。

そんな、まさか……。

いつの間にか眠ってしまい、夢でも見ているのだろうか。そう思ったが、今の身体はエリアスではなく、燿斗自身のものだ。

一体、どうして……。

森を抜けられたことへの安心感からか、気がつけば膝をついていた。脳が興奮状態にあったため、気がつかなかった疲労が一気に身体に巡ってくる。

ゆっくりと、自身の身体が倒れていく瞬間、自分を見つけたのだろう兵たちが駆け寄ってくるのが見えた。

「……エリアス様⁉」

自分を取り囲んだ兵の一人が燿斗をそう呼んだ。

違う、俺はエリアスじゃない。

その言葉が燿斗の口から出ることはなく、そのまま意識がなくなった。

2

感情のままに、相手に気持ちをぶちまけるような、そういった冷静さに欠けた行動は好きじゃない。冷静に、理性的であるよう努めているのもそのためだ。

耀斗にだって感情はあるし、どちらかといえば情に厚い方だとも思う。聞き流すことができないわけではないが、おとなしく黙っているのは性に合わない。

ハンスから、時折喧嘩っ早いと言われていたのもそのためだろう。

けれどそれをしたところで、状況が好転することはあまりないことも知っている。だからこそ、感情的にならないためにも、他者との距離は適度にあけてきた。

相手に失望したり、怒りを感じるのは相手に期待をしているからだ。そういった感情を、耀斗は痛いほど知っていた。

けれど、いざリーンハルトを前にすると、そんな普段の冷静さを保てなかった。

どうして、どうして助けてくれなかったんだ。エリアスは、最後まで援軍が来ることを、リーンハルトのことを信じていたのに。

最近は夢に見ることもなくなっていたし、当時よりは客観的に状況を考えられるようにもなっていた。

当時リーンハルトは王太子だったが、病床の父王に代わって国を背負っていたのだ。まだ十九の青年だったリーンハルトに、それがどんな重圧であったかは今の耀斗ならわかる。

リーンハルトのことを思っていたとはいえ、厳しい言葉を言っていたエリアスより、周囲の者たちの甘言の方が耳に聞こえも良かったのだろう。けれど、それとエリアスを見捨てたこととは話が別だ。

だからこそ、リーンハルトの顔を見た途端、気持ちが抑えられなくなってしまった。

自分はエリアスではない。けれど、エリアスの無念は誰よりわかっている。

ただ、そんなふうに思い切り自身の気持ち吐き出したからだろう。頭は急速に冷え、冷静になっていく。そうすると、まず、ここはどこだという単純な疑問が頭に過る。

自分が寝ているのは大きな寝台で、室内はそれほど広くはない。オフホワイトの壁には金の細工が施され、風景画が飾られている。

一見、貴族の屋敷のようだが、部屋の造りはどことなく見覚えがある。おそらく、王都リューベンの中心にあるヘルンブルグ城だろう。

まあ、リーンハルトがいる時点で王城だってのはわかってたけど。

場所が確認できたことで、多少心にも余裕が出てくる。

視線を上げれば、リーンハルト以外にもこの場に人がいることがわかる。すぐ傍に控えているのは服装からして神官長、さらにその隣には自分と同じくらいの年の青年が立っている。

王太子であるリーンハルト、いやおそらく服装からして既に王となったのだろう。

国王相手に思い切り悪態づいた櫂斗に対し、二人とも呆然と視線を向けている。

そうするとちょうど、神官長の隣に立つ青年と視線が合った。それにより、我に返ったのだろう。青年の眦が、目に見えて上がっていく。

「貴様……！　兄上に対してなんたる無礼を！」

今にも櫂斗に摑みかからんばかりの怒りようだった。

「ヴェルト」

「しかし……！」

「何があっても、口を利かぬという約束だったはずだ。それができないのなら、この部屋から出ていけ」

先ほど櫂斗に向けられた眼差しとはうってかわった厳しい視線をリーンハルトが向ける。

リーンハルトが本気で言っていることがわかったのだろう、ヴェルトと呼ばれた青年が口を閉じた。

納得できない、という表情をしているが、この場を離れるつもりはないのだろう。

ヴェルト、おそらくリーンハルトの末の弟がそんな名前だったはずだ。けれど、櫂斗の知る、エリアスが生きていた頃のヴェルトはまだ少年だった。

　リーンハルトが年齢を重ねていることから薄々感じてはいたが、エリアスの死から十年近い年月が経っているようだ。

　頭が冷えたことあるだろう。ヴェルトの言葉に従うわけではないが、言葉遣いに関しては確かによろしくなかったかもしれない。少なくとも、一国の王に対し使う言葉ではない。

「あの……少し、よろしいですか」

　この場にいるもう一人の人間、神官長が口を開いた。

「……はい」

　最初に感情的になってしまったから少しの気恥ずかしさもあるため、素直に応じる。

「申し遅れました。私は当代の神官長を務めさせていただいております、ヘルマンと申します。リーンハルト陛下の願いを聞き、エリアス様の魂を持ったあなたをこの世界に呼び戻したのも、私です」

「魂の召喚術は、禁術だったと思いますが」

「いえ、それはこの世界に生まれ変わった場合の話です。あなたは異世界に転生してしまったので、呼び戻すことが可能だったのです」

「俺は望んでいませんが」

　淡々と答えれば、ヘルマンの顔が強張る。

勝手なことをして、とヘルマンに怒りをぶつけたところで、元の世界に戻ることはできない。そのような力を持つ者がおそらくいないだろうし、いたとしても方法がわからないはずだ。科学が発達していないこの世界では魔術や幻術の類を信じられてはいるが、そういった力を持つ人間は滅多に生まれてこない。

それでも天災をはじめとする厄災を避けるため、祈りを捧げる神殿は重要な役割を持っている。そして神殿には、時に特別な力を持った人間が存在する。ヘルマンもその一人で、だからこそ召喚術が使えたのだろう。

百年以上前の国王が、自身の妃の魂を取り戻すために使ったことがあったが、我こそが王妃の生まれ変わりだと名乗る少女たちが何人も現れ、それ以来禁術とされていた。

……迷信の類だと思っていたのに、本当に存在してたんだな。

元の世界に帰れない、それに対する怒りがないわけではない。もしこの世界のことを何も知らなかったら、おそらくパニックになっていただろう。

勿論、今の櫂斗だって混乱していないわけではない。それでもある程度は冷静でいられるのは、時間は経過しているとはいえ、この世界を自分は知っているからだ。

「そのようですね……それは、申し訳なく思っております」

櫂斗はヘルマンのことを責める気にはなれなかった。彼はただリーンハルトの命に従っただけなのだ。

「ところで、ご自分はエリアス様ではないと仰っておりましたが、あなた様には生まれ変わる以前の、エリアス様の記憶があるのですか？」

「はい。全てではないでしょうが、ある程度は」

「ある程度、と仰いますのは」

「不遇な幼少期を過ごし、士官学校で優秀な成績を収め、王太子の教育係となり、側近であり騎士となった。後に始まった戦争では指揮官としての活躍を見せ、ウェスタリアの軍神とまで呼ばれるようになる。しかし作戦指揮が敵国に見抜かれていたことから内通者の疑いをかけられ、裏切り者の烙印（らくいん）を押される。最後は王太子から切り捨てられ、率いていた部隊は戦場で孤立。敵国の捕虜となり、獄中死」

感情的にならないようにしていたからだろう。自分でも驚くほど滑らかに、淡々と説明することができた。

「な……！」

「ヴェルト！」

耀斗の説明に納得できなかったのだろう、すかさず言葉を発しようとしたヴェルトを、リーンハルトが止める。

「なんの目的があって俺をわざわざこの世界に呼んだのかは知らないけど、残念ながら過去のことは全部覚えています。それで、どうして秘術まで使って異世界に転生したエリア

スの魂を呼び寄せたんですか？」

「それは……」

「お前のことが、心配だったからだ」

ヘルマンの言葉を遮り、リーンハルトが口を挟む。

「俺は過去に、取り返しがつかない過ちを犯した。お前が俺を恨むのも、許せないのも覚悟の上だ。だけどそれでも、今度こそ、生まれ変わった後の世ではお前に幸せになって欲しかった。だから……この世界にお前を呼び寄せた」

真っすぐな瞳で耀斗を見るリーンハルトには、おそらく嘘はない。

耀斗だって、リーンハルトがエリアスのことを大切に想っていたことは知っているし、不幸なすれ違いだったこともわかっている。捕虜として捕らえられたエリアスも、最後までリーンハルトの下に、ウェスタリアに帰ることを諦めていなかった。

けれど、結果的にそれは叶わなかった。

「つまり、俺はあなたの罪悪感を消すためにこの世界に呼び戻されたってことですか」

「違う、そんなつもりは……！」

「違わないですよね？　幸せになって欲しい？　勝手なことを言わないでください。俺は十分、元の世界で幸せでした」

嘘だった。決して不幸ではなかったが、幸せでもなかった。けれど、それをリーンハルトに説明する理由はない。

耀斗の言葉を聞いたリーンハルトの表情が、目に見えて歪む。

だから……なんでそんな表情をするんだよ。

自分の言葉が原因だとはいえ、リーンハルトの苦し気な表情を見たくなくて視線を逸らす。

「すまない……俺の我儘だということはわかっている。それでも、俺はお前の幸せな姿を見たかった」

うるさい。これ以上話を聞きたくはない。

リーンハルトに視線を向けぬまま、耀斗は口を閉ざす。

「……目覚めたばかりのお前に、長話をさせてしまって悪かったな」

耀斗が話をする気はないということがわかったのだろう。リーンハルトが、部屋の隅に立っていた従者に目配せをする。

外に待機していたらしく、すぐに侍女が耀斗の傍までやってくる。年の頃は四十を過ぎたくらいの落ち着いた女性だった。

「湯浴みは明日にして、今日はお休みください。その前に、お茶をご用意いたしますね」

「よろしくお願いします」

一言そう言えば、侍女から驚いたような顔をされた。

耀斗にしてみれば普通の返答だが、王族や貴族の世話している侍女からすると違和感があるのかもしれない。けれど、すぐに微笑み一旦その場を下がっていった。

「ところで、聞きそびれてしまっていたが」

二人のやり取りを見守っていたリーンハルトが、耀斗にもう一度話しかけてきた。

「今世での、今のお前の名はなんというんだ？」

そういえば、言ってなかったな。

少し意外だった。リーンハルトが、エリアスではなく、耀斗の名前に興味を持つとは思わなかったからだ。

「耀斗」

名字は必要ないだろうから、とりあえず名前だけを伝える。

「カイト、か。良い名だな」

そう言ったリーンハルトの声色は、先ほどよりも少しだけ明るかった。

なんでそんな嬉しそうな顔するんだよ。名前を教えただけなのに。

名前が聞けて、満足したのだろう。リーンハルトはヘルマンとヴェルトを連れ、そのまま部屋を出ようとする。その広い背中に、声をかける。

「俺も、一つ聞いていいですか」

耀斗に話しかけられ、よほど驚いたのだろう。弾かれるようにリーンハルトが振り返った。

「ああ、勿論」

「戦争は、イスファリアとの戦はどうなりましたか？」

この世界に来て、一番に気になったことを問うた。

「勝った。こちらにとってかなり有利な条件で、条約も締結することができた。コツウェルも取り返した」

「そう、ですか……」

コツウェルはウェスタリアとイスファリアの間にある豊かな穀倉地帯で、数十年前にイスファリアから独立して自治領となっている。

戦争の理由もその権利を巡ってのものだった。

「お前が……いや、エリアスがコツウェルをその身を挺(てい)して守ってくれたおかげだ」

その言葉には、何も答えなかった。口を開いてしまえば、感情的な言葉が出てくるのは目に見えていたからだ。

そっか……勝ったんだ。

リーンハルトの健勝な様子を見れば、大戦に勝利したことはなんとなく察してはいた。

ただ、改めて聞くとやはり安心した。

「また、明日来る」

リーンハルトも、櫂斗にその事実が伝えられて納得したのだろう。今度こそ、部屋を出ていった。

ヴェルトからは最後まで鋭い視線を向けられていたが、櫂斗は気づかぬふりをした。


小さな子供が泣いている。銀色の髪に、翠色の瞳を持つ可愛(かわい)らしい子だ。

「どうしました？　リーンハルト様」

エリアスが腰を屈(かが)め、リーンハルトと同じ目線で話しかける。

「たくさん、僕と同じくらいの子がいて、一緒に遊ぼうとしたら、誰も僕と遊んでくれなかった」

今日はリーンハルトの一つ下の弟であるハインリヒの誕生日で、城には有力貴族の子供たちが遊びに来ていた。

本来であれば、王太子のリーンハルトを蔑(ないがし)ろにすることはありえない。けれど、リーンハルトの母である王妃は亡くなってしまっているため、今の王妃はハインリヒの母親だ。貴族たちも、リーンハルトよりもハインリヒの側についた方が有益だと思っているのだろう。

けれど、そんなことは七歳のリーンハルトにはわからない。

「みんな、僕のことが嫌いなんだ」

それでも、子供ながらに自分の立場が軽んじられていることはわかっているのだろう。ぽろぽろと涙を流しながら話すリーンハルトは、あまりに不憫で痛ましかった。

「何を仰るのですか」

エリアスは優しく声をかけ、リーンハルトの頭を撫でる。

「リーンハルト様は、難しい勉強も、剣術もいつも一生懸命です。苦手な食べ物も、頑張って食べていることを知っていますよ」

「え……知ってたの？」

食事中、苦手なものを食べる時、微かにリーンハルトの顔は強張っている。それでも、残さずに全て平らげようとする。

「勿論です。リーンハルト様の頑張りを見ている誰かが必ずいます。私はリーンハルト様のことが、大好きです」

小さな手を両手でそっと包み込めば、恥ずかしそうにリーンハルトが笑った。

「生涯、あなたに仕えることを誓います」

それは、心からのエリアスの言葉だった。

懐かしい夢を、久しぶりに見た。

けれど夢の中があたたかく幸せな空間だっただけに、目覚めた後の気分は最悪だった。

どうして、今更こんな夢を。

幼い頃からリーンハルトは優秀だった。けれど、物心がつく前に母を失くしているからだろう。他者に頼ったり、甘えることができない子供だった。人懐っこく可愛らしい弟のハインリヒとは違い、可愛げがないと侍女たちからも言われていた。

だからこそ、エリアスは自分がリーンハルトの理解者になろうと努めた。

生涯仕える、か。

幼い頃にリーンハルトとした約束を、最後までエリアスは守った。

最高位ではないとはいえ、軍の中でも高い地位にいたエリアスは、たくさんの機密を持っていた。何より、その戦術眼だ。勝った戦のほとんどは、エリアスが作戦指揮を立てたもので、今後の計画だって知っていた。

全てを話してしまえば、扱いはかなりよくなっただろう。それでも、最後までエリアスはリーンハルトもウェスタリアも裏切らなかった。

夢を見ていた時には、それがどうしてもわからなかった。自分たちを見捨てたのはリーンハルトなのに、どうして最後まで守ろうとするのか、理解できなかった。

ただ、実際のリーンハルトに会ったことで、少しだけエリアスの気持ちがわかった。

自身の過去を悔いているのは痛いほどわかったし、怒りはあるものの、それをぶつけた後は自己嫌悪を覚えた。

しかしその後、なんで自分がこんな気分にならなければならないのかと、ますます苛立った。

ベッドから起き上がり、箪笥に揃えられたたくさんの衣服の中から、なるべくシンプルなデザインを選ぶ。

まだ外は薄暗いのか、閉められたカーテンの隙間から見える光は弱い。

侍女が来る前に着替えを終え、髪を整えるために鏡台の前に座る。

部屋の中が薄暗いこともあって、鏡に映った自身の姿に、僅かに動揺した。

品の良いブラウスとジレに細身のズボン。クラシカルな服装が一緒だからだろう。髪型こそ違うものの、鏡の中にいる櫂斗は夢の中で見たエリアスに生き写しだった。

エリアスの母親は他民族の血を引いているという話だったし、黒髪に青い瞳という色彩も同じだ。

確かにこれは、エリアスを知っている人間はみな驚くだろうな。

櫂斗がこちらの世界に来てから、今日で一週間になる。

最初はリーンハルトへの反発から部屋の中に引きこもっていたのだが、三日も経つとさすがに飽き、馬鹿らしくなって部屋を出た。

リーンハルトからは、城内であれば自由に移動してよいとあらかじめ言われていた。城の者には、エリアスの近親者だという説明がされている。

詳しくは聞いていないが、エリアスの名誉はどうやら回復しているらしく、城の者たちはみな親切だった。積極的に話しかけてくるような者はいないが、城内に明るくない櫂斗が何かしら聞けば嬉しそうに応(こた)えてくれる。

それに加え、食事にしても服装にしても、見るからに最高級のものが用意されているのだ。

ありがたく思わないわけではないが、ただ城の中で働きもせずのんびりとしている櫂斗にとっては、居心地はよくない。

頼んでもいないのに勝手にこの世界に引き戻されてしまったものの、手厚く扱われるのは当然だと思うほど、厚かましくもなれない。かといって、何かをしようという気にもまだなれなかった。そもそも、この世界で自分にできることはあるのだろうか。

そんなことを思いながら一人の時間を過ごしていると、ノックとともに侍女が部屋の中へと入ってきた。

「おはようございますカイト様、お食事をお持ちしました」

「ありがとう」

櫂斗は立ち上がり、侍女が食事のために用意してくれた席へ座った。

朝食を平らげ、食後の紅茶に口をつけたところで、部屋のドアがノックされる。

ドアへ向かう侍女の後ろ姿を見つめながら、燿斗はこっそりとため息をついた。

「変わりはないか？」

「何も……昨日の今日で何か変わるわけないと思いますが」

うんざりしながら答えれば、リーンハルトは「確かに、それはそうだな」と薄く微笑んだ。

燿斗がこの世界に来てから、毎日リーンハルトは燿斗の部屋を訪れている。

最初は最低限の受け答えしかしなかった燿斗も、さすがに連日顔を出されるとそういうわけにもいかなくなる。

燿斗がこの世界で快適に過ごせるよう、リーンハルトが気遣ってくれているのはわかる。

ただ、それがわかっているからといって穏やかな会話をする気にもなれない。

リーンハルトが過去を後悔しているのはわかった。けれど、彼を許せるかどうかはまた別の問題だ。

「今日は、どうやって過ごすんだ？」

「いつも通り、図書室に行きます」

「ああ、好きに使ってくれ。他に、要り（い）ようなものはないか？」

「ありません。十分すぎるくらい色々なものを用意してもらっています」

「それならよかった。何か気になることや知りたいことがあったら、いつでも聞いてくれ」

　燿斗は会話を終わらせたいのに、いつまで経っても終わらない。こちらは投げ返す気のないボールを、一方的に投げ続けられている気分だ。しかも次から次にボールを変えて。

「必要ありません。自分で調べます」

　ばっさりと切り捨てるように言えば、リーンハルトの頬(ほお)が凍った。

「わかった」

　けれどそれは一瞬のことで、すぐにいつものトーンでそう言った。

　やりづらいな。そう思いつつも、燿斗は気になっていたことをとりあえず伝えてみることにする。

「要望ってほどじゃありませんが」

「なんだ？」

「ヴェルト殿下に俺を監視させるのは、やめてください」

　燿斗がそう言えば、リーンハルトの目が僅かに見開いた。

「気づいていたのか？」

「エリアスみたいに戦場に立ったことはありませんが、今も似たような仕事をしていますので。ヴェルト殿下にだって、公務もあるでしょう」

「悪い、監視のつもりはなかった。ただ、城内とはいえ俺の目の届かない場所にお前をやるのは心配で……」

だから、それが余計なお世話なんだよ。

出かけた言葉を、抑える。感情的になるのは本意じゃなかった。

耀斗も今現在の国の状況が全てわかっているわけではないが、王となったリーンハルトが絶大な権力を持っていることはわかっている。

この城で、彼に逆らえる者など誰もいない。

そんなリーンハルトがくれぐれも丁重に扱うようお触れを出しているのだ。耀斗を害そうとする人間がどこにいるのか。

「先ほども言いましたが、誰かに守られなきゃいけないほど俺は弱くありません。困ったことがあればちゃんと言います。だから、放っておいてください」

耀斗がそう言えば、リーンハルトは落胆の表情を見せた。

「わかった、気をつけるようにする。明日、また来る」

それだけ言うと、ようやくリーンハルトは耀斗の部屋から出ていった。

その姿が見えなくなると、思わず長いため息がこぼれた。

この一週間、耀斗はやんわりとリーンハルトのことを拒み続けている。けれど、リーンハルトはめげることなく何度も燿斗のもとへと通い続けている。

声を荒らげて罵るようなことはしていないが、燿斗が拒絶しているのは十分伝わっているはずだ。

俺にどう思われようが、どうでもいいってことかよ。

元々リーンハルトはクールで、喜怒哀楽をあからさまに表情に出すタイプではない。

幼少期に周囲の大人たちからぞんざいに扱われてきたこともあり、孤独にも慣れてしまっているからだろう。確固たる自分を持っているし、実力に見合った自信も持っているためプライドも高い。

だからこそ、不利だった立場から王の地位にも上り詰めることができた。

けれど、そんなリーンハルトもエリアスに対する態度だけは周囲の者たちとは違っていた。反発したり、甘えたりと、エリアスには本音で話していたし、気にもかけていた。

ただ、エリアスの生まれ変わりとはいえ、燿斗はエリアスとは別の人間だ。だから、自分に何かを言われたところで傷つくことはないだろうと思っていたのだが。

……なのに、なんで俺の言葉にいちいち一喜一憂するんだよ。

無表情を貫いてはいるが、リーンハルトは明らかに燿斗の言葉や反応を気にしている。

見目麗しい一国の王が、毎朝必ず燿斗のもとへ、何か欲しいものはないかと伺いに来るのだ。

そもそも、色々おかしいだろ……自分の立場わかってるのか。

これでもだいぶマシになった方だ。この世界に来た翌日など、櫂斗のために領地を与えると言ってきた。端整な顔で大真面目(おおまじめ)に、過去のエリアスの功績を考えれば少ないくらいだと。

勿論、丁重に断った。

リーンハルトが指定した領地は王国の直轄領で、気候も温暖で資源も豊かな場所だった。

そこにいれば、何不自由のない生活ができるとリーンハルトは思ったのだろう。

初めにリーンハルトから言われた言葉を思い出す。

生まれ変わった後の世では、幸せになって欲しいと。

……勝手なこと、言ってくれるよ。

どうせ、自身の罪悪感に耐えられず、それを軽くするための言葉だと思っていた。

けれど、こんなふうに毎日のように熱心に通われてしまうと、もしかしたらという希望を持ってしまう。

やめてくれ。もう、誰かのために戦ったり、生きたりしないと決めたんだ。リーンハルトを許してしまっては、その決意が揺らいでしまう。

まあ、どうせそのうち飽きるだろう。

リーンハルトが求めているのは、あくまでエリアスだ。外見はそっくりだが、櫂斗とエリアスでは中身が全く違う。

彼のような忠誠を、耀斗はリーンハルトに対し持つことはない。それに気づいたら、リーンハルトも耀斗への関心をなくすだろう。

そう思い直し、耀斗は侍女に図書室へ向かうことを言づけ、部屋を出た。

◇◇◇

城内にある図書室は、時折文官が出入りすることがあるくらいで、利用者はそう多くない。奥まった場所に座ってしまえば、ほとんど人の目に触れることもなく、気が楽だった。

エリアスそっくりの容姿をしているということもあるのだろう。城内を歩いているとあちらこちらから視線を感じる。不躾(ぶしつけ)なものではないとはいえ、嬉しいものではない。

かといって、部屋の中に引きこもっているのも身体にも心にも良くない気がした。

図書室に通い始めたのは、この世界が今どういう状況になっているのかを知るためだったが、一人になる時間が欲しいというのもあった。

現代の日本とは比べものにならないが、この世界にも新聞はあるし、国内法や諸外国との取り決めに関する記録はきちんと文書で残されている。さすがに国家機密に関しては耀斗の立場では触れることはできないが、今のところはそこまでの情報は必要ない。

最初に調べたのは、隣国イスファリア帝国との戦争の終結と、戦後処理に関してだった。

エリアスが亡くなって一年も経たぬうちに、イスファリア帝国との間には停戦条約が結ばれていた。幸い、エリアスが残した膨大な作戦計画は見事に活用されたようだ。

戦後処理に関しては詳しい内容を知ることはできない。それでも皇帝を退位させたり、処刑したりといった帝国としてのイスファリアの形を崩すような体は取られていないようだ。

これなら、両国にとって良い落としどころと言えるのではないだろうか。

それより、櫂斗が驚いたのはここ数年のウェスタリア国内に関するものだった。

戦後処理を行った際、多くのウェスタリアの人間、貴族や王族が裁かれているのだ。戦勝国であるウェスタリアで、ここまでの人間が裁かれるのは異例だろう。しかもその中には、エリアスの弟や父の名前も入っている。

どういうことだよ、これ……。

色々な資料を探してみたが、記録しか残されていないため詳細はわからない。

ダメだ、一般的な図書室の本だけでは限界がある。そう思った時、櫂斗の頭にリーンハルトの顔が浮かんだ。

『何か気になることや知りたいことがあったら、いつでも聞いてくれ』

櫂斗が聞けば、リーンハルトは疑問にすべて答えてくれるだろう。ただ、自分で調べると言った手前もあり、聞きづらい。何より櫂斗から働きかけることにより、こちらの態度が軟化したと思われるのも不本意だった。

エリアスの父親は前国王の側近で、国王が病床についてからは国政の中心にいたはずだ。さらにエリアスの妹はリーンハルトの弟、第二王子だったハインリヒの妃となっていたし、弟もその側近だった。

記録を読む限り、父をはじめとする前国王や第二王子側についていた人間がみな要職から外されている。

ここまで大規模な人員整理が行われたのだ、城で働いている人間なら、みな事情は知っているだろう。誰か適当な文官をつかまえて、聞いてみようか。

いや、だけど部外者である俺に教えられる内容なのか……？

もう一度、読んでいた本に目を落とす。すると、開いていたページに影が落ちた。

「おい」

顔を上げれば、目の前にはヴェルトが立っていた。集中していたため、気配に気づかなかった。

「なんですか、ヴェルト殿下」

記憶の中にある小さな少年は、リーンハルトと変わらない高い上背と、がっしりとした体軀に育っていた。

不遜だな。まあ、王弟という立場なのだからそんなものか。

そんなことを思っていると、ヴェルトはなんともいえない苦い顔をしながら聞いてきた。

「どうして、俺の監視に気づいたんだ？」

「ああ、簡単なことですよ。上手く姿は隠されていたと思いますが、王弟殿下がいらっしゃれば周囲の者は気を使わざるを得ませんから」

何かお探しの物がありますかと、姿を見つけた文官がみなヴェルトに話しかけに行くのだ。濯斗も文官たちと同じように、てっきり探している書物でもあるのかと思っていた。けれど連日、ヴェルトは濯斗から見えない場所で待機していた。それでようやく、自分を監視していることに気づいた。

「原因は俺じゃなく、文官だったのか」

「いえ、事前に自分が図書室へ行くこと、構わずに話しかけてこないこと等伝えておけばよかったんじゃないですか」

言外に、原因はヴェルトだと伝える。ヴェルトにもわかったのだろう。苦虫を嚙み潰したような顔をした。

「要件はそれだけですか？」

「いや……その……」

どうも歯切れが悪い。濯斗が首を傾げると、なぜか咳払いをされた。

「何か、疑問に思ったことや、聞きたいことはないか？」

「は？」

「兄上から言われた。お前が調べ物をしていて、わからないことがあったら答えるように」

不本意そうではあるが、リーンハルトの言葉には従うのだろう。そして、図書室の本だけでは櫂斗の疑問が解消されないことをリーンハルトもわかっているのだろう。

だから、聞きたいことや気になることがあれば聞くよう言っていたのか。

気遣いはありがたかったが、こちらの考えが読まれているようで面白くはない。

けれど、誰かに教えてもらわなければいつまで経っても疑問は解消されないだろう。

「そうですね……教えていただけるとありがたいです」

周囲を見ながら、櫂斗が言う。図書室に人が少ないとはいえ、誰もいないわけではない。

内容が内容だけに、人目は避けたかった。

「わかった。場所を移すぞ」

ヴェルトも櫂斗の言わんとしていることがわかったのだろう。櫂斗が頷けば、櫂斗の手元にあった本をひとまとめにし、一番近くにいた文官に戻すよう命じた。

ヴェルトに連れてこられたのは、図書室からそう離れていない、大きな窓のある客間だった。こんなふうにテーブルと椅子が用意された部屋は城内のあちらこちらにあり、ハインリヒがよく貴族の友人たちを招いていた。

一度訪れたことがある場所だからか、この世界に来てから、エリアスの記憶をこれまでよりも頻繁に思い出すことが多くなっていた。

「それで？　何が聞きたい？」

ヴェルトに促され椅子に座ると、早速ヴェルトが話を切り出した。

「聞きたいことはたくさんあります。まず父上やヴィクトール……あ、父上といってもエリアスの、ですが。それからハインリヒ殿下はどうしていらっしゃるんですか？　記録を見る限り、みな裁かれたとありましたが」

ヴィクトールはエリアスの一つ下の弟の名だ。兄弟仲は良くなく、エリアスのことも厭っていた。

「その通りだ。アレンブルク公やその子であるヴィクトール……周辺の者たちはみな戦後の軍事裁判で有罪となった。その後、ゴルゴーダ島に流され、そこで二人とも自決した」

「……は？」

さらりと伝えられた事実に、耳を疑った。

ゴルゴーダ島はウェスタリアの北方に位置する島で、流刑の地でもあった。一度流され、本国へ戻ってきた人間は誰もいない。それでも、罪人となってもあくまで貴族ではあるため、扱いはそれほど悪くないと聞いたことがあった。

ただ、代々続く公爵家の当主であった父には、罪人としての生活は耐えられなかったのだろう。

まあ、愛情は向けられているようには思えなかったけど。

燿斗自身は面識もなく、直接血の繋がりはないが、それでもエリアスにとっては父親だ。

驚きはしたものの、これといってショックは受けなかった。ただ、どんな罪で裁かれたのかは気になった。

「ゴルゴーダ島に流されるほどの罪を、二人は犯したんですか？」

「ああ。イスファリアと内通し、情報を売った。そしてその罪を全て、エリアス殿に着せた」

「え……？」

「覚えてるだろう？　戦争の終盤、かろうじて勝利したものの、こちらの作戦指揮が筒抜けだったこと。兄上はあの時、アレンブルク公を一番に疑った。元々アレンブルク公は兄上ではなく、ハインリヒ兄上の即位を望んでいた。イスファリアとの戦争を任されていたのは兄上だ。それに失敗すれば、大きな失態となるからな」

イスファリアと戦争を始めたのは前国王、リーンハルトの父親だが、途中で病の床に伏してしまった。

その後最高指揮官を任されたのが、リーンハルトだ。

「その話は、エリアスもリーンハルト様としていました。エリアスは当時、父親を庇っていましたが」

エリアスに全く愛情を与えなかったとはいえ、それでもエリアスにとっては父親だからだろう。

まさかそんなことはと、リーンハルトの話をやんわりと否定していた。

「……なんですか？」

「兄上の名に敬称をつけたのが意外で……」

「さすがに国王陛下を呼び捨てにはしませんよ。それで？　リーンハルト様は、アレンブルク家の人間だからエリアスのことを信じ切れなかったんですか」

「俺は兄上じゃないからわからないが、そういった側面はあっただろうな」

「くだらない」

思わず、本音が出てしまった。目の前に座ったヴェルトが、目を白黒させている。

「確かにエリアスはアレンブルク家の人間だが、家督はヴィクトールが継いでいたし、どう考えても一族の中で爪はじきにされてただろ？　そんなことで忠誠が疑われるなんて、エリアスも浮かばれないな」

取り繕うのが面倒になり、ざっくばらんに話す。指摘されたら畏まるつもりだったが、年代が近いということもあるのだろう、ヴェルトも特に何も言わなかった。

「当時の状況は誰よりお前がわかっていると思うが、お前が率いていた別機動隊がもしイスファリアについていたら、ウェスタリアは戦局が変わるほどの損害を受けていた。だから、兄上も慎重にならざるを得なかった」

口ではそうは言いながらも、ヴェルトも内心そうは思っていないのか、表情は苦々しかった。

「それで？　結果的にはエリアスは裏切っておらず、黒幕はハインリヒ殿の即位を望むアレンブルク家とリンデルク家の人間だったと。五公のうち、二つの家の当主が裁かれ爵位を失うなんて、前代未聞だな」

五つの公爵家は建国以来、どの時代にも常に政治の中心にいた。けれど、リーンハルトは二家の敵国への内通を重く受け止め、どちらも爵位を没収した。

リンデルク家の当主は、今もゴルゴーダ島に幽閉されているという。

「簡単に言うが、兄上の怒りはすさまじいものだったからな……」

「それは、そうだろうな」

櫂斗だってリーンハルトがエリアスを大切に想っていたことは知っている。

「エリアス殿と同じ魂を持つお前にしてみれば、兄上はただお前を見捨てた、薄情で無能な王としか映らないかもしれない。けれど、それはあくまでお前から見た兄上だ。誰より愛し、信頼していた騎士をくだらない政争で亡くしたんだ。怒り狂った兄上は、アレンブルク家とリンデルク家の血を引く者を残らず斬首とするところだった。周囲の者たちがなんとか取りなしたが、それでも多くの者たちが粛清された。今や側近たちは兄上を恐れ、何も言えなくなっている」

「……リーンハルトがエリアスを信じることができていれば、そんな結果にはならなかったんじゃないか？」

「兄上だって人間だ！　時には間違いだって犯すだろう⁉」

ヴェルトが目の前の机を思い切り叩いた。

驚いて目を見開けば、ヴェルトがハッとして小さな声で謝った。

「悪い……。だが、あの時エリアス殿を信じられなかったことを誰より後悔しているのは兄上だ。生きているのさえ、本当は辛いはずなんだ。それでも生き続けているのは、エリアス殿が命を賭して守ったこの国をより良いものとするため、王としてその責務を全うしようとしてるからだ。だから、どうか……」

「これ以上、リーンハルト様を責めないでやって欲しい、か？」

「ああ、そうだ……。お前の憤りはもっともだとは思うが、俺にとっては大切な兄なんだ」

少し驚いた顔をした後、決まりが悪そうにヴェルトが言う。

そんなのエリアスには関係ない。自身の行動が招いた結果なのに、勝手に罪の意識に囚(とら)われているだけじゃないか。どうして俺が、それをわかってやらなければいけないんだ。

そう言えたらよかったのだが、どんなに素っ気ない態度を取り続けても、足繁(あししげ)く自分のもとへ通うリーンハルトを思い出すと、それを口に出すことは憚(はばか)られた。

リーンハルト自身が、なんの自己弁護も言い訳もしていないということもあるのだろう。

俺の印象をよくするために、リーンハルトがヴェルトに言わせてるとか……？　いや、それはないな。ヴェルトは明らかに、そういう小細工が苦手そうなタイプだ。

強面(こわもて)なその容姿で気弱な様子を見せるのが可笑(おか)しくて、思わず小さく笑ってしまう。

「な、何が面白い？」

「いや、昔からヴェルト様はリーンハルト様が大好きだったなあって思い出しただけ。私も兄上と一緒に戦場に参ります、なんて言って後を追いかけ回してたよな。あの頃はあんなに可愛らしかったのに、こんなに大きくなっちゃって」

揶揄(からか)うように言えば、ヴェルトの頬が赤くなる。

「うるさい！　十年も経つんだから当たり前だろう。それにしてもお前……エリアス殿と同じ顔でその言葉遣いはどうなんだ」

「あ、やっぱりダメ？　無礼だろうって言われたら改めるつもりだったんだけど」

「そちらが素のようだし、そのままでいい。それにしても、容姿は同じでもお前とエリアス殿では全く性格が違うな」

「そりゃあ、魂が一緒ってだけで、別の人間だし」

「当時俺は子供だったから、エリアス殿のことはあまり知らないが、兄上からしたら複雑だろうな。エリアス殿はお前のような物言いを兄上にすることはなかっただろうし……いや、最後はどうだったかわからないが」

ヴェルトが言葉を訂正したのは、櫂斗の気持ちを慮(おもんぱか)ったからだろう。無神経なようで、意外と気を使う性質のようだ。

「最後まで、エリアスはリーンハルト様を恨んでなんかいなかったよ。むしろ、最後までリーンハルト様が助けに来てくれるって信じてたし、部下にもそう言って励まし続けてた」

櫂斗の言葉に、ヴェルトが傷ついたような顔をする。

軍に属し、将軍位を得ているヴェルトだ。最後まで国に殉じたエリアスの話に心を痛めるのは自然なことだろう。

嫌味っぽかったかな、そういうつもりじゃなかったんだけど。

ただ、エリアスが最後までリーンハルトを恨んでいなかったことを、彼の名誉のためにも伝えたかった。

「そういえば、ハインリヒ殿下はどうしたんだ？　裁判の記録に殿下の名前はなかったはずだけど」

話を変えようと、気になっていたハインリヒのことを聞いてみる。

「いや、最初はハインリヒ兄上にも容疑はかけられた。アレンブルク公とリンデルク公はあくまで自分たちが独断でやったことだと言い張っていたが……何も知らなかったというには無理があるからな」

「それでもハインリヒ殿下は裁かれなかったんだろう？」

「エリアス殿の作戦指揮を信じ、部隊を合流させるよう最後まで進言していたのがハインリヒ兄上だったからだ。ハインリヒ兄上以外はみな反対したため、結局合流に遅れてしまったが……ハインリヒ兄上は、エリアス殿を見捨てることに最後まで反対していた」

記憶の中にある、ハインリヒの姿を思い出す。

エリアスはあくまでもリーンハルトの教育係ではあったが、時折ハインリヒの希望もありともに勉強を教えたこともあった。

母である王妃や周辺の大貴族たちから強い重圧を受けながらも、ハインリヒはそれに応えようと懸命に努力していた。いかにも王子様然とした容姿に温厚な性格から、周囲の者たちにも慕われていた。

ハインリヒの側近はエリアスのことをよく思っていなかったが、ハインリヒ自身はエリアスに対しても好意的だった。

そんなハインリヒが、エリアスを見殺しにするとは確かに考えづらい。

「ただ、それも単なるアリバイ作りだった可能性もあるし、実際のところはわからないけどな。ハインリヒ兄上の口から真実はもう聞くことができないし」

「え？」

「流行り病で死んだんだ、五年前に。王位継承争いに負けて周囲から人はいなくなってたし、王弟とは思えないほど寂しい最後だったよ」

「そうだったんだ……」

どうりで、城の人間からハインリヒの名前が出てこないはずだ。

そうか、ハインリヒ殿下は亡くなったのか。

次期王位を巡って対立関係にあったとはいえ、周囲の思惑を他所に、ハインリヒ自身はリーンハルトを嫌っているようには見えなかった。

エリアスに対しても、時折城で会うと必ずハインリヒの方から声をかけてくれた。

そんなハインリヒは、もうこの世界にいない。ショックを受けていないわけではない。

ただ、不思議な気持ちだった。

考えてみれば、エリアスが死んでからのこの世界のことを、櫂斗は何も知らない。

当たり前ではあるが、エリアスの死後もこの世界は続いている。

だからといって、決してエリアスの存在が忘れられているわけではない。むしろ、最後まで国のために戦った英雄、美しい殉国の騎士としてその名を歴史に刻んでいる。

別にエリアスは、そんなものは求めてなかっただろうけど。

それでも、エリアスの疑いが晴れ、名誉が守られたのは嬉しかった。

「ヴェルト殿下」

名前を呼べば、視線だけこちらに向けられた。

「色々教えてくれてありがとう。記録だけではわからない部分も多かったから、助かった」

素直に礼を言えば、ヴェルトは少し驚いたような顔をして、視線を逸らした。

「別に、兄上から頼まれただけだ……」

照れているのか、その頬は少し赤い。

結構可愛いところがあるんだな。

「うん、でもありがとう」

「だから、別にいいって言ってるだろ！　それより、俺からも頼みがあるんだが……」

「なんだよ？　リーンハルト様のことはもう責めないよ？」

リーンハルトを許せるかどうかはまた別の問題だが、だからといってこれ以上責めるつもりはなかった。

「そうじゃなくて……お前に会わせたい人間がいるんだ」

「会わせたい人間？」

「アデル・ファイゼンの名を覚えているか？」

ヴェルトの口から出た名前に、思わず櫂斗は立ち上がった。

「ああ、勿論！」

アデルはエリアスの腹心の部下で、最後までエリアスに仕えてくれた人間だ。十ほど年上で、戦慣れしたアデルには戦場で何度も助けられた。

「もしかして、アデルは生きてるのか？」

「ああ。足を悪くして馬に乗れないため現場からは退いているが、今は士官学校の教官を務めている。学生時代、エリアス殿の話を何度も聞いた。彼ほど素晴らしい指揮官はいなかったと。だから、お前さえよかったら、アデルに会わせてやりたい」

「わかった……。だけど、まさかアデルが助かったとは思わなかった。他にも、生還した者はいるのか？」

捕虜として捕らえられた後、途中からエリアスは部下とは引き離されてしまったため、その後彼らがどうなったのか知らない。

「約半数くらい、だな……。和平が結ばれた後、兄上はすぐに捕虜の引き渡しに尽力したんだ」

「十分だ。そうか、国に還ることができた人間がいたのか……」

あの部隊で情報を最も持っていたのはエリアスだ。

エリアスが死んだ後は、それこそ全員殺されたのではないかと、そんな最悪な予想すらしていた。だから、ヴェルトの言葉は思いのほか嬉しかった。

「なんだよ？」

喜びを噛みしめていると、ヴェルトからの視線を感じた。

「いや……性格が違うとはいえ、やっぱりカイト殿はエリアス殿の生まれ変わりなんだと思っただけだ」

「まあ、それはそうだけど……あ、敬称はつけなくていいよ」

「だったら、俺のこともヴェルトでいい」

ムスッとした顔でヴェルトが言う。身体や態度こそ大きくなったものの、素直な性格は変わっていないようだ。

「わかった。じゃあヴェルト、アデルとの面会の日が決まったら教えてくれ。あ、一応リーンハルト様の許可をとった方がいいのか？」

「いや、その必要はないだろう」

「え？　だけど……」

「一応兄上には報告はするが、反対されることはまずない。兄上は、カイトの希望はできることはなんでも叶えたいと思ってる。だから反対するわけがない」

「……そう。ならよかった」

素っ気ないとは思ったが、一言そう口にする。

もの言いたげな視線をヴェルトからは感じたが、気づかないふりをした。

リーンハルトがエリアスを助けられなかったことに悔恨の念を感じていることはわかる。

わかってはいるが、認めたくはなかった。そうすれば、リーンハルトを、彼を許してしまいそうな自分がいるからだ。


気がつけば、随分長い間ヴェルトと話していたようだ。客間を出た時には、既に日が下がっており、廊下の窓からは橙色の光が差し込んでいる。

部屋まで送るというヴェルトの言葉は丁重に断った。

城の中に危険はないことはもうわかっているし、なんとなく一人になりたかった。

考えないようにしようと思っていても、やはり頭に過るのはリーンハルトのことだった。

この世界に来るまで、耀斗はリーンハルトを許せる日が来ることなどないと思っていた。

どんなにリーンハルトが過去の過ちを後悔したところで、エリアスが生き返ることはない。

どうしてエリアスを助けてくれなかったんだと、何度も心の中で詰った。できることなら、自分がリーンハルトを罵りたいと、そう思っていた。

けれど実際それをやったところで、耀斗の心は全く晴れなかった。

なんで……どうして恨んだままにさせてくれないんだよ。

エリアスのことなんて忘れて、王の地位に胡坐をかいていて欲しかった。

こんなやつを許す必要などないと、そう思いたかった。

けれど、実際のリーンハルトはエリアスを忘れてなどいなかった。

過去を深く後悔し、自責の念からわざわざ生まれ変わりである自分を心配し、この世界に召喚してしまうほどに。

ここまでしてくれたんだ、もう許さなきゃって、思っちゃうじゃないか。

だけど、そんなにすぐに受け入れることなんてできない。

どうして俺が、こんな思いをしなきゃいけないんだよ……！

あんなにも許せないと思ったはずなのに、最近夢に見るのは幼い頃のリーンハルトとの思い出ばかりだ。

大きな窓がいくつもあるこの回廊も、幼いリーンハルトの手を引いて何度も歩いた。

嬉しそうなリーンハルトの高い声は、耀斗の記憶の中にもしっかり残っている。

……とにかく、早く部屋に戻ろう。

そう思い、少しだけ歩く速度を速める。

自分でも、感情が高ぶっているのがわかる。今は誰にも会いたくない。

そう思っているのに、ちょうど回廊の向こう側から、燿斗の方へと歩いてくる人物の姿が目に入った。

遠目に見てもわかる。黒衣を纏（まと）い、背筋が真っすぐに伸びたすらりとしたその立ち姿に、思わず燿斗の足が止まった。

リーンハルト……。

おそらく同じタイミングで、リーンハルトも燿斗の姿に気づいたのだろう。

ただ、顔を強張らせた燿斗とは対照的に、リーンハルトの表情は目に見えて柔らかくなった。燿斗の顔が見られて嬉しい、というように。こちらへ歩いてくる速度も速くなった気がする。

避けるのはさすがに感じが悪いだろうと、燿斗もゆっくりと足を動かす。

「図書室へ行ってきたのか？」

立ち止まったリーンハルトに声をかけられ、仕方なく燿斗も足を止める。

話を聞かれないようにするためだろう。目配せをし、背後にいた従者を下がらせるのも忘れずに。

「はい」

「そうか。調べものはできたか？」

「はい……ただ、記録だけでは不明瞭（ふめいりょう）な点も多かったため、そのあたりのことはヴェルト殿下に教えていただきました。リーンハルト様が、わからないことがあったら教えるよう言ってくれたと聞きました。ありがとうございます」

なるべく感情を込めないようにしているからか、自分でも驚くくらい乾いた声だった。

淡々とした事務的な、そんな対応だ。

「別に、大したことはしていない」

口ではそう言いながらも、リーンハルトの頬は緩んでいる。

「それから、解放されたアデルや部下たちを、手厚く迎え入れてくださったという話も聞きました。エリアスは部下のことを最後まで案じていました。エリアスに代わって、礼を言います」

先ほどよりも熱が籠っているのは、耀斗の心からの気持ちだからだ。

死と隣り合わせの戦場にいるにもかかわらず、エリアスは人の死に対し鈍感にならなかった。

ウェスタリアに帰れた兵が半数もいたんだ。エリアスが知ったら、喜んだろうな。

深く頭を下げ、顔を上げる。すると、耀斗よりも高い位置にあるリーンハルトの目が、大きく見開かれていた。

そんなに驚くようなことだろうか。

「あの……？」

訝し気な声をあげれば、ハッとしたのか、リーンハルトの表情が元に戻った。

「いや、礼には及ばない。できるなら、もっと多くの人間を助けたかった。俺が、部隊を出すのを逡巡してしまったがために……」

俯いたリーンハルトの拳は、きつく握られていた。苦悩する表情から、彼の後悔が深いことはわかる。

ようやくリーンハルトが援軍を出そうと決意した翌日は猛吹雪で、さらに部隊を出すのが遅れてしまった。

タイミングが悪かったのだ。何もかもがリーンハルトのせいではないことはわかっている。わかってはいるが、感情が追いつかない。

「エリアスが死んだと聞き、俺はようやく自分が犯した過ちに気づいた。自分ではそんなつもりはなかったが、周囲の者たちの態度ががらりと変わったことで、疑心暗鬼になっていた。だから、誰より俺に尽くしてくれていたエリアスのことを、信じきれなかった。俺の目が、曇っていたんだ」

「……もういいです、過ぎたことですから」

「よくない、聞いてくれ。エリアスは幼い頃から、ずっと俺の傍にいてくれた。エリアスだけが、俺の味方だった。あの時選択を間違えなければ、もう少し早く和平を結び、助けることができていたら、俺はエリアスを失わなかったかもしれない。そう考えると、後悔しても、しつくせな……」

「だから、もういいって言ってるだろ！」

耐え切れず声を荒らげてしまう。少し離れた場所にいる、リーンハルトの従者にも聞こえたのだろう。視線がこちらに向けられた。

「あの時選択を間違えなければ？　助けことができていたら？　今になってそんな仮定の話をして何になるんだよ！　エリアスがどんな思いで、どんなふうに死んでいったか知ってるのか？」

おそらく、この事実はリーンハルトは、ウェスタリア側の人間は知らないはずだし、櫂斗も話すつもりはなかった。

それでも、感情を抑えられなかった。

「敵国の将を捕らえたんだ。少しでも情報を引き出そうと、イスファリア側も必死になった。だけど、エリアスは絶対にその口を割らなかった。水も与えられず、眠ることも許されず、鞭（むち）で打たれ、白い肌が裂けても、ウェスタリアの情報は何一つとして言わなかった。意識が朦朧として、正常な判断なんてとうにできなくなっていた。それでも、絶対にウェスタリアを、国を売ることはなかった」

死なせてはならないと命じられていたのだろう。途中から最低限の食事は与えられるようにはなったが、それでも責め苦は続いた。

「いつまで経っても口を開かないエリアスに、イスファリア側も苛立ったんだろうな。弱りきったエリアスは、敵国の兵士たちからその身体を嬲られ続けた。毎日のように、何人もの男たちからその身体を蹂躙され、元々衰弱していたこともあり、そのまま事切れた」

エリアスの意識がはっきりしていなかったからだろう。幸いにも、生々しい情景を櫂斗が見続けることはなかった。ただそれでも、何をされているのかはわかった。

「騎士として戦場に立ってるんだ、エリアスだって死は覚悟してた。だけど、エリアスが死んだのは戦場じゃない。忠誠を誓った王子からは見捨てられ、敵国の捕虜となって、冷たい牢の中で一人死んでいったんだ。それを、簡単に助けたかったなんて、そんな言葉で片づけるなよ！」

イスファリア側からは、何も知らされていなかったのだろう。高い位置にあるリーンハルトの表情は、凍りついていた。

視界の中にあるリーンハルトの顔が歪んでいることから、目に涙が溜まっていることに気づく。

だが、それを拭うことなく櫂斗は言葉を続けた。

「お前が過去の行いを後悔していることも、俺にできる限りのことをしようとしてくれてることだってわかってる。お前を責めたって、エリアスは戻ってこないし、そもそもエリアスでもない俺が責める権利なんてない。だけど、それでもお前への怒りを消すことはできないし、できれば顔も見たくない！」

過去の行いはともかくとして、今のリーンハルトは何も悪いことはしていない。

こんなの八つ当たりだってこともわかってる。

最低だ。こんなふうに、詰って責め立てて。

一方的に捲(まく)し立てた櫂斗に、リーンハルトは何も言わなかった。

子供のように泣いてしまったことが恥ずかしくて俯けば、自分の身体が何かに包まれたのがわかった。

「なんで……」

抱きしめたりするんだと、言いかけた言葉は、リーンハルトによって遮られた。

「すまない」

リーンハルトが櫂斗の身体を抱きしめたまま、呟いた。

だから櫂斗も抵抗しなかった。抵抗しようという気も、起きなかった。

ずっと、リーンハルトのことが、嫌いだった。エリアスを信じてくれなかった彼のことを、恨んだ。なのに……。

どうして、リーンハルトの腕の中はこんなに温かいのだろう。

「……カイト」

気持ちが落ち着いた頃、ようやくリーンハルトがその口を開いた。

「以前も言ったが、許されたいと思って、この世界にお前を呼んだわけじゃない。俺を許す必要なんてない。それでも、どうかお前を傍で見守ることを許して欲しい」

燿斗は、何も答えなかった。リーンハルトも、返答を期待していなかったのだろう。

それでも、ほんの僅かに燿斗を抱きしめるリーンハルトの腕が強くなった。

3

やってしまった……。

翌日、冷静になった耀斗は言いようのない罪悪感と、気恥ずかしさに打ちひしがれそうになった。

あんなふうに責め立てたりして、リーンハルトだって困惑するだろう。

昨日のリーンハルトには、いやそもそも耀斗に対してのリーンハルトの行いには非もなければ、責められる要素は何もない。

丁重にもてなされ、国賓並みの扱いをされているくらいだ。

……まあ、この世界に強制的に連れてこられたことに不満がないわけじゃないけど。

けれど、昨日耀斗がリーンハルトを詰ったのはそのことではない。

過去の、既に十年以上も前のリーンハルトの行いに関してだ。しかも、その行いだって耀斗に対するものではなく、エリアスに対して行われたものだ。

耀斗がリーンハルトのことをどう思うか、許せないと思うのは、耀斗の自由だろう。だからといって、リーンハルトを非難していい理由にはならない。

しかもあんなふうに、子供みたいに泣いたりして……。

さらにその後慰められてしまったこともあり、思い出すと、顔から火が出そうだ。

わかっている。俺は多分、リーンハルトのことを許したいんだ。

許したい、というのもおこがましいかもしれない。けれど、ここに来てからリーンハルトへの印象は随分変わった。

ただ、それを認めたくなくて、認められなくて苦しくなっているだけだ。

エリアスなら、絶対リーンハルトのことを許しただろうな。

いや、そもそもエリアスは最初からリーンハルトのことを恨んでなどいなかった。

櫂斗がエリアスの過去を洗いざらい話した時の、リーンハルトの顔を思い出す。

顔色を失っていたことからも、どれだけショックを受けていたのかわかる。リーンハルトがエリアスのことを大切に思っているかは、十分わかっていたはずだ。

そんなエリアスがどんなふうに殺されたかなんて、話すべきじゃなかった。

エリアスが生きたかった、もう一度リーンハルトに会いたかった気持ちも今ならわかる。

元々の計画が杜撰だったんだ。

結果的に、エリアスが裏切っていなかったことなど、すぐにリーンハルトにはわかっただろう。それでエリアスが死んだ日には、リーンハルトがどんなに傷つくかなんて、想像に容易い。

魂は同じでも、別の人間だってわかっていても、禁術を使ってまで魂を呼び戻しちゃうくらいだからな。

それくらい、リーンハルトのエリアスへの愛が深かったということだろう。

……リーンハルトも、がっかりしてるだろうな。俺なんかが、エリアスの生まれ変わりで。

考えれば考えるほど、気持ちが重くなる。

どちらにせよ、とりあえずリーンハルトが来たら昨日のことは素直に謝ろう。

そう思い、リーンハルトを待つことにしたのだが。結局その日、リーンハルトが耀斗の部屋を訪れることはなかった。

◇◇◇

苛立ちを感じながら、耀斗は城内を無言で歩く。

あの日から、結局一度もリーンハルトは耀斗の部屋に顔を見せることはなかった。

元々、王であるリーンハルトは多忙な立場だ。これまで毎日訪れていた方が異常だったのだ。

とはいえ、そのうち時間ができればまたひょっこりと顔を出しにくるだろうと思っていたが、十日も経てばさすがに忙しさが理由でないことはわかる。燿斗のもとに来ないのは、リーンハルトの意志だ。

それでも、城内を歩いていればそのうち顔を見ることもあるかと思えば、タイミングが悪いのか、遠目で見ることすらない。

ここまで、徹底的に避けなくてもいいだろう？　確かに、あんなふうに詰った俺が悪いけど。だけど、謝罪の機会すらもらえないなんて……。なんて、自分勝手な意見だな。

リーンハルトが自分の罪と向き合っていたのを知っていたのに、あれだけのことを言ってしまったのだ。

心が折れたって、燿斗に対し愛想がつきたからって、燿斗にそれを責めることなんてできない。むしろ、これまでエリアスそっくりの燿斗の顔を見る方が、リーンハルトには辛かっただろう。

だから、これでいいんだと、言い聞かせようとする。

だけど、それでもこっそりと思ってしまう。

見守らせてくれって言ったのは……嘘だったのかよ。

「カイト？」

「え？」

前を歩いていたヴェルトが、怪訝（けげん）そうな顔をしてこちらを見ている。いつの間にか足が止まってしまっていたようだ。

「どうした？　やはり、まだ会うのに心の整理がついていないとか……？」

「いや、そんなことないよ。ちょっと、考え事してただけ」

ヴェルトから、アデルと面会の日が決まったと連絡が来たのは一昨日のことだった。

リーンハルトは櫂斗のもとを訪れることはなかったが、侍女のサーシャを通して櫂斗への言伝は毎日のように行っている。

以前は侍女頭を務めていたサーシャは王族からの信頼も厚く、ヴェルトの言伝もサーシャを通して知らされた。

直接だと断りづらいことも、サーシャを通してなら断りやすいだろうというヴェルトなりの気遣いだったようだ。

「それならいいが……」

言いながら、ヴェルトが再び足を動かし始める。今度こそ遅れないよう、櫂斗も歩き始める。

そういえば、リーンハルトのことはもう責めないって、ヴェルトとの約束も破ることになっちゃったんだよな……。

色々な情報を得たことで、感情が高ぶっていたとはいえ、言い訳にはならないだろう。

とりあえず、リーンハルトのことは後にして、今はアデルのことを考えよう。

ヴェルトは心配しているようだが、実際のところ燿斗は楽しみにしていたのだ。エリアスが、戦場で最も頼りにしていた副官に会えることを。

アデルとの面会のためにヴェルトが用意してくれたのは、城内にある客間だった。広さはないが、日の光がよく入る、明るい部屋だった。

部屋の中で待機していたアデルは、燿斗の姿を目に留めると驚いたように立ち上がり、ぽつりとエリアスの名を呟いた。

「エリアス様……」

目にはうっすらと、涙が溜まっている。

十年が経ち、癖のある赤毛には白いものが多く混じり、皺も増え髭も立派になったが、強面の様相と大柄な逞しい身体は全く変わっていなかった。

「お久しぶりです、アデルさん。といっても、俺はエリアスじゃないんですが」

燿斗がそう言えば、ハッとしたようにアデルが口元を押さえた。

「申し訳ありません、ヴェルト殿下から説明は聞いていたのですが……あまりもその、エリアス様に姿かたちがそっくりで……」

「まあ確かに、俺たちも最初は驚いた。魂が同じとはいえ、ここまで似るものなのかってな」

　燿斗の後ろに立っていたヴェルトが、賛同するように頷く。

　アデルには、燿斗がエリアスの生まれ変わりであり、その記憶もすべて引き継いでいることはあらかじめ話していた。

「本当に、お会いできて光栄です……あの、なんとお呼びすれば？」

「あ、燿斗です。燿斗で構いません」

　燿斗の言葉に、アデルがとんでもないとばかりに首を振った。

「カイト様、と呼ばせていただきます。私のことは、どうか以前のようにアデルとお呼びください」

　相変わらずの生真面目さで、アデルがはっきりと言った。

　エリアスと燿斗が違う人物だとはわかっているのだろうが、忠誠は変わらないようだ。

「ではアデル、足を悪くしているんですよね？　無理をせず、座ってください」

　アデルの傍らに、杖があることは部屋に入った時から気づいていた。

「お気遣いを、ありがとうございます」

　燿斗に言われたアデルは一礼し、椅子へと座った。

　それに続くように、燿斗とヴェルトもその向かいの椅子へ座る。

「その足は……捕虜だった時に……？」

「はい、随分痛めつけられまして。最初は歩くこともままならなかったんですが、ここ数年でだいぶよくなりました。リーンハルト陛下が、国で一番良い医師をつけてくれまして……」

穏やかな笑みを浮かべて話していたアデルだが、途中で気まずそうな顔をし、話を止めた。

「すみません、俺ばかり……」

エリアスの副官として、自分ばかり生き残ってしまったことに罪の意識を抱いているのだろう。

「何を言う。お前だけでも生き残ってくれてよかった……って、エリアスなら言うと思います。本当に、独房に移されたエリアスは、部下のことをずっと心配してたから」

だからどうか気にしないで欲しい、と櫂斗としては伝えたかったのだが。それを言えば、さらにアデルの瞳からは涙がこぼれてしまった。

熊のように大柄で、屈強さも敵兵からは恐れられていたアデルだが、外見に反し心根は優しかったことを思い出す。

「他のみんなも、元気にしていますか？」

「はい。生還できた者は、みな国からの手厚い待遇を受けております」

「……そうですか」

ヴェルトから話は聞いていたが、やはりリーンハルトは国に還れた兵たちを丁重に扱ってくれているようだ。

「戦死した者たちの家族も、みな生活を保障していただいております。それもみな、リーンハルト陛下のおかげです」

アデルの話に、無言で頷く。

「ただ……それは、あくまで、私が生還できたから、そう思えるのだと思います」

複雑な櫂斗の心境に気づいたのか、アデルが言葉を選ぶように言った。

「エリアス様の生まれ変わりであるカイト様にしてみれば、リーンハルト陛下に対して思うところもおありだと思います。ただ、私から言えることは。リーンハルト陛下は過去を猛省し、そして、今はこのウェスタリアを良き国にするよう、懸命に励んでおられます。だからどうか、今のリーンハルト様のことを見ていただけないでしょうか」

大きな身体を小さくしながら、アデルが深々と頭を下げた。

こっそりとヴェルトの様子を盗み見れば、アデルの言葉に驚いているようだ。

口裏を合わせただけではなく、本当に心からアデルはそう思っているのだろう。

まあ……元々国への忠誠が厚い男だからな。

エリアスだってリーンハルトを恨んではいなかったのだ。アデルも、同じ気持ちなのだろう。

「顔を上げてください」

耀斗が声をかければ、恐る恐るアデルが顔を上げる。

「大丈夫です。リーンハルト様が過去を顧みてくださっていることも、現在王としての務めを果たしてくださっていることも知っています」

言葉に出すと、改めて実感する。

そうだ、この世界に来て、初めてリーンハルトの顔を見た時からわかっていた。

リーンハルトが、エリアスを死なせてしまった過去を誰よりも後悔していることを。

……わかっているのに、それを認められなかっただけなんだ。

「そう、ですか……」

「それに、俺がリーンハルト様に複雑な思いがあっても、それはあくまで私自身の感情です。アデルがリーンハルト様に持っている感謝の気持ちに対して、気兼ねしたりしないでください」

耀斗がそう言うと、アデルは一瞬呆(ほう)けたような顔をし、すぐに深く頷いた。

「はい、ありがとうございます……。カイト様が、この世界に再び来てくださってよかった。そして、こんなことを言うのはおこがましいとはわかっているのですが、今世では、いえ今世こそどうかカイト様のことを私に守らせてください！」

「へ……？」

「アデル、その話はもう断ったはずだろう」

　黙って二人の話を聞いていたヴェルトが、すかさず口を挟む。

「だいたい、その足で護衛が務まるのか？　それにお前には教官としての仕事があるだろう。カイトの護衛には、既に何名かつけてある」

　櫂斗は断ったのだが、結局城内を歩いている時には護衛がつくことになった。ただ、櫂斗が気にならぬよう、姿が見えないようにしてもらってはいる。

「しかし……」

　なんとなく、アデルの気持ちはわかった。おそらく、自分が知らない場所でエリアスが死んだことがトラウマになっているのだ。

「また、お話を聞かせてください。騎士団の様子も聞きたいですし」

　櫂斗がそう言えば、アデルの顔が明るくなった。

「ありがとうございます。エリアス様と同じように、カイト様もとてもお優しいんですね」

「え……？」

　いや、そんなことはないだろう。とてもじゃないが、自分はエリアスのような聖人君子ではない。

　そう思い、ヴェルトなら一笑に付してくれるだろうと隣を見る。けれどヴェルトは不満げな顔こそしているものの、なんの言葉も発さなかった。

その後三人で食事をとった後、アデルに話があるというヴェルトを残して耀斗は部屋を出た。そのまま残っても構わないとヴェルトは言ってくれたが、部外者である自分が軍の機密を聞くのには抵抗があった。

ただ、さすがにずっとこの生活っていうわけにはいかないよな……。

発展した現代社会に比べれば、この世界は不便なことも多い。

毎日清潔な衣服を用意され、王族と変わらない火の通った美味しい食事を提供され、時間を自由に使うことができる。

まさに貴族のような生活を、既に一カ月以上させてもらっているのだが、現代日本で普通に育ってきた耀斗にしてみれば落ち着かない。

ちょうど若い侍女が、年かさの侍女に教えられながら、窓をきれいに磨いている。この世界では、みながそれぞれ自分にできる仕事をしている。

さすがにそろそろ、何かさせてもらわなければ気が引ける。とはいえ、今の自分にできることはあるのだろうか。

そんなことを考えながら歩いていると、窓の向こうにある中庭が目に入った。

今は季節を通してウェスタリアの中で一番良い時期で、たくさんの花々が咲き誇っている。

ちょっと、庭でも歩いてみようかな。

考えてみれば、こちらに来てからずっと自分の部屋と図書室や書庫の往復をしているだけの生活を送っている。不健康この上ない。この生活を続ければ、確実に体力は落ちるだろう。いや、既にもう落ちているかもしれない。

動きやすい衣服を用意してもらって、走るくらいしよう。あ、それから剣も握らせてもらえないかな。

夢の中でエリアスが剣術の鍛錬を行う様子を見てきた耀斗は、ずっとそれに憧れていた。うん、なんか考え始めたら身体を動かしたくなってきた。明日、サーシャにリーンハルトに頼んでもらえないか聞いてみよう。

そんなふうに、考え事をしていたからだろうか。ゆっくりと歩いていた耀斗は、自分が何かにぶつかったのを感じた。

「は……？」

自分の足、具体的には下半身のあたりに柔らかい感触を感じた耀斗は、慌てて下を向く。

こ、子供……？

四歳くらいだろうか。小さな子供が、耀斗の身体を抱きしめている。

偶然ぶつかったというよりは、向こうから接触をしてきたようだ。

どうしよう……。

顔はよく見えないが、身なりは良いし、どこかの貴族の子供だろう。わざわざ櫂斗に抱きついてきたということは、誰かと間違っているのだろうか。

「えーっと、もしかして迷子かな？」

話しかけてはみたが、子供はうんともすんとも言わない。

「ごめんね、顔が見えないから、ちょっとだけ離してもらえる？」

そう言うと、ようやく子供が櫂斗の身体から顔を離した。

離したのは顔だけで、手は変わらずぎゅっと櫂斗の身体を掴んでいる。

「……え？」

子供の顔を見た櫂斗は、息を呑んだ。

リーンハルト……？

その容姿が、リーンハルトに似ていたからだ。

もしかしてリーンハルトの子供？　いや、結婚はしてないはずだし……。

一瞬、もやっとした気持ちが芽生える。けれどそれには気づかないふりをし、もう一度子供の顔をまじまじと見つめる。

金色の髪に、翠色の瞳。リーンハルトに似ているが、それよりも。

「ルカ様！」

少し離れた場所から声が聞こえ、櫂斗が視線を向ける。

若い二人の侍女が、焦った様子でこちらへと向かってくる。

近くまで来ると櫂斗と、未だ櫂斗にひっついたままの子供を見つめた。

「ここにいらしたのですね、ルカ様」

「心配したのですよ」

この子供についている侍女たちなのだろう。

声をかけながらも、侍女たちは子供、ルカよりも櫂斗の方をちらちらと見つめている。

侍女たちの頬はほんのりと赤くなっている。女であれば、国一番の美姫だろうと言われていたエリアスと同じ容姿をしているのだ。こういった反応をされるのは、慣れている。

ただ、それでもルカをそっちのけで櫂斗に関心を向けていることに、なんとなく嫌な感じを覚える。

そもそも、二人もついていてこの年代の子供を見失うというのは、問題があるんじゃないだろうか。

「お迎えが来たみたいだね」

それでも、とりあえず帰る場所が見つかったのはよかった。

そう思い、声をかけたのだが、なぜかルカは櫂斗から離れようとしない。それどころか、一層強い力で櫂斗の身体を摑んでくる。

摑むといっても、子供の力であるため痛みは感じないのだが、必死な様子は伝わった。

「ルカ……？」

名前を呼んでみれば、ルカは心細そうにこちらを向く。そして、小さな声で呟いた。

「お母様……」

え？

侍女には聞こえなかったようだが、いつまで経っても櫂斗から離れようとしないルカに焦れたのだろう。

「ルカ様、そろそろおやつの時間ですわ。一緒にお部屋に戻りましょう」

猫撫で声でそうやって話しかけると、少し強引にルカの手を引っ張った。

声には出さないまでも、ルカの顔が苦痛に歪む。

「あの、強く引っ張りすぎでは……」

あまり口を挟まない方がいいと思いながらも、見ていられずそっと侍女の手からルカの手を離してやる。

瞬間、櫂斗は目を丸くした。握ったルカの手首が、信じられないくらい細かったからだ。

よく見れば、衣服こそ立派なものを身に着けているがルカの身体は明らかに痩せていた。食の細い子供という可能性もあるし、元々身体が弱いのかもしれない。

そうは思いながらも、明らかに侍女たちに怯えている様子のルカに、嫌な予感が頭を過る。

「あ、すみません。ちょっと強く引っ張ってしまったかもしれませんね」

「ルカ様は喋(しゃべ)ることができないので、ついこちらも強引になってしまうんです。ごめんなさい、ルカ様」

謝罪は口にしているものの、二人とも全く悪く思っていないことがわかる。

そんなことよりも、早く部屋に戻らなければと、そういった重圧をルカに与えているのは明らかだった。

それに、喋れないって……さっき、喋ってたよな。

子供らしい高い声は、確かにルカのものだった。

どうしよう、気にはなるが、何も知らない自分が介入していいのだろうか。

「えっと……ルカ様？」

耀斗が名前を呼べば、ルカが心細そうにこちらを見つめる。

「俺の名前は、カイトといいます。また、ルカ様に会えるように頼んでみますので、今日はお部屋に戻れますか？」

ルカがじっと耀斗の瞳を見つめてくる。耀斗も、その視線に応えるようにルカを見つめる。

すると、ようやくこくりとルカが頷いた。

れずに。
慌てたように、侍女たちがその後についていく。最後に、櫂斗に愛想笑いをするのを忘
侍女が手を差し伸べたが、ルカはその手を取らずにゆっくりと歩き始める。
「よかった。さあルカ様」

当たり前だが、エリアスの記憶の中にルカという子供は存在しない。

年齢的にも、エリアスが死んだ後にルカは生まれているからだ。そのため、前世のエリアスとルカとの間にはこれといった関係はない。

けれど、櫂斗はルカのことがひどく気になった。

気になるというか、放っておけない。あの子は多分、俺に助けを求めていた。

似ているのだ。ルカの大人の顔色を窺う怯えたような顔が、出会ったばかりの、幼い頃のリーンハルトに。

翌日、ちょうどタイミングよく部屋を訪れたヴェルトに櫂斗はルカのことを聞いた。

名前と特徴を言えば、すぐにピンときたようだ。

「そういえば、言ってなかったな。ルカはハインリヒ兄上とシルヴィア殿のお子だ」

「やっぱり、ハインリヒ様の……」

リーンハルトもハインリヒもよく似た兄弟ではあったが、ルカは幼い頃のハインリヒの

面影が強かった。

それに、シルヴィアの子であるというのなら、ルカの発した「お母様」の言葉の意味もわかる。

シルヴィアは年の離れたエリアスの妹で、兄弟姉妹の中では一番エリアスに似ていた。

「それじゃあ、ルカはシルヴィアが育ててるのか？」

シルヴィアはアレンブルク家の人間ではあるが、ハインリヒの妃であるためエリアスが貶められた件とは無関係だ。そのため、一族の中でも裁かれなかった。

「いや、シルヴィア殿は、ハインリヒ兄上が急逝した後は修道院へ入った。父と兄の罪を償うというのが名分だったが、城の中にいても肩身は狭かっただろうからな……」

父と兄は流刑に処されたのだ、元々シルヴィアは城の中に居場所はなかったはずだ。頼りのハインリヒが亡くなれば、城を去るしかなかったのだろう。

公爵家の娘として蝶よ花よと育てられ、幸せそうにハインリヒの隣に立っていたシルヴィアの姿を思い出す。

なんの苦労もしていないシルヴィアにとって、修道院の生活は過酷なはずだ。

けれどそれでも、シルヴィアにとっては修道院の方が落ち着ける場所だったのだろう。

「じゃあ、ルカの養育は誰が行ってるんだ？」

「一応、兄上が後見人となっている。立場もあるし、そう頻繁に会ってはいないようだが。

たはずだ。

ダリントン家は五家の一つだ。ダリントン公爵は、王位継承争いにおいて当初アレンブルク家やリンデルク家とともにハインリヒ派だったが、途中からリーンハルト派に加わったはずだ。

エリアスの潔白を証明するため、アレンブルク家とリンデルク家の悪事の全てを白日の下にさらした人物でもある。

リーンハルトも信頼を置いているため、ルカを任せたのだろう。そもそも後見人がリーンハルトなら、立場は悪くないはずだ。だけど……。

「何か、気になることでもあるのか？」

訝し気な顔で、ヴェルトが問うてきた。

どうしよう、話してみようか。いや、櫂斗がルカと関わったのはほんの一時だけだ。その印象だけで、ルカが虐待を受けているかもしれないというのは軽率だ。

「いや、特には……。ただ、エリアスにとっては、甥になるんだよな？　また、会いに行ってもいいかな？」

「ああ、勿論構わないが……」

ヴェルトがルカの部屋の正確な場所を教えてくれる。

城の奥まった場所にある、中庭の様子がよく見える部屋のようだ。おそらく、昨日櫂斗が通りかかったあたりだろう。

「お前が面会を希望するなら、お茶や食事の時間を設けることもできるが」

「ありがとう、でもそこまで大層なものにしなくてもいいから」

おそらく、きちんとした場を設ければ、あの侍女たちが徹底して取り繕うことは想像ができる。

耀斗が見たいのは、普段のルカの様子だ。

「今度気が向いたら会いに行ってみるよ」

そう言えば、ヴェルトが少し怪訝そうな顔をした。

「なんだよ？」

「いや……随分、前向きになったと思って」

「え？」

「初めてだろう？　この世界に来て、カイトが人に会いたいと言い出したのは」

「そういえば、そうかな」

「兄上もそうだが、俺からすればお前も過去にとらわれすぎだと思うぞ？」

「俺が、過去に？」

「お前の場合、正確に言えばエリアス殿に、だな。同じ魂を思っているとはいえ、お前とエリアス殿は別の人間だ。兄上も俺も、お前のことはエリアス殿ではなくカイトとして見ている。……まあ、当時俺が子供だったから言えることなのかもしれないが」

俺が……エリアスにとらわれてる……？

「とにかく、いい傾向だと思うぞ」

それだけ言うと、ヴェルトは部屋を出ていった。

後に残された燿斗は、ヴェルトに言われた言葉の意味をもう一度考えてみる。

ヴェルトの言う通り、確かに燿斗は過去に、エリアスだった頃の記憶にとらわれている自覚はある。

それがよくないことだとはわかっているが、子供の頃からずっとエリアスの記憶とともに生きてきたんだ。そう簡単に、気持ちを切り替えるなんてできない。

そしてリーンハルトも、おそらく燿斗と同じくらい過去にとらわれている。

それじゃなきゃ、わざわざ異世界に生まれ変わった燿斗をこの世界に呼び戻したりはしないだろう。

エリアスを殺したリーンハルトのことを、許したくないとずっと思っていた。

けれど、これ以上過去に苦しむリーンハルトを見たくないという気持ちも、燿斗の中で日々強くなっていた。

いつまでも逃げていたって仕方がない。リーンハルトに会って、ちゃんと謝ろう。

ただ、その前に……。

部屋の掛け時計の針は、ちょうど一時を指している。そろそろ昼食の時間も終わっている頃だろう。

燿斗はタイミングよく部屋に入ってきたサーシャに声をかけ、部屋を出た。

空間認識能力には自信がある。昨日行った中庭までの道は、既に覚えていた。


ぽかぽかとした陽気の、とても良い日だった。

ただ、事前になんの連絡もしていないため、突然訪れたところでルカに会わせてもらえるかわからない。

ルカに会う理由を考えていると、幸いなことにルカは今日も中庭にいた。

昨日と違うのは、ベンチに座り、その隣にはルカよりももう少し大きい子供がいることだ。

一生懸命に何かを話している子供に、ルカは嬉しそうに相槌(あいづち)をうっている。

昨日よりも随分リラックスした表情で、相手に気を許しているのがわかる。服装からして貴族ではなく、おそらくは使用人の子供だろう。

「ルカ」

燿斗が声をかけると、ルカが視線をこちらに向けてきた。

声こそ出さないまでも、燿斗に見せた表情は明るかった。

隣にいた子供も、同じように櫂斗に眼差しを向ける。咄嗟に、子供が手に持っていた何かを隠したのがわかる。

最初は呆けたように櫂斗のことを見ていたが、すぐに警戒したような表情になる。

「……あの、どなたですか？」

小さいのに敬語が使えるんだな。ルカを守るように少し前に出る様子は、さながら小さな騎士のようだった。

「俺は櫂斗。ルカにとっては……親戚、かな？」

実際は血の繋がりはないのだが、無難な説明をしておく。親戚という言葉の意味がわかっただろうかと思ったが、子供はますます怪訝そうな顔をした。

「親戚？　ルカ様のお父上のですか？　お母上のですか？」

頭がいいな、この子。

なんと説明しようか考える。

けれど、櫂斗が何か言う前に、ルカが隣の子供の手を取り、小さく首を振る。

「ルカ様……？　この人は大丈夫ってこと？」

子供が言うと、ルカはこくこくと何度も頷く。どうやら、櫂斗のことを庇ってくれたようだ。

「それならいいけど……」

そう言うと、子供は先ほど後ろに隠したものを、ルカに差し出す。

「パン……？」

柔らかい紙に包まれていたのは、きれいな色に焼けているパンだった。

厨房からもらってきたのだろう。昼食に燿斗が食べたものと同じパンだった。

子供が差し出したパンを、嬉しそうにルカは受け取り食べ始める。

「良い天気だし、外で食べるのも気持ちがいいよね」

「……違う」

燿斗の言葉を、子供がすぐさま否定した。

「今日ルカ様、朝から何も食べさせてもらってないんだ。昨日、勝手に外に出たからって、侍女たちに意地悪されて」

「え……？」

ルカを見れば、パンを口にしながらも、悲し気な表情をしている。

懸命に咀嚼するその様子を見れば、よほどお腹が空いていることがわかる。

勝手に外に出た……確かに昨日の侍女たちは焦ってルカを探していたようだった。

小さな子供、しかも王位継承権を持つルカに何かあっては危険だと思うのは自然なことだろう。しかし、勝手に外に出たとしたら問題はルカにあるのではなく、見ていなかった侍女たちの方だ。

なんだろう、この、嫌な感じ……。

目の前にいるルカは、何かに急かされるようにパンを食べ続けている。

「ルカ様、ミルクも飲んでください。パンだけだと、胸につかえます」

隣にいる子供が瓶を差し出すと、ルカは嬉しそうにそれを飲んだ。

けれど、急いで飲みすぎてしまったのだろう。

「コホッ……」

えずいてしまい、ルカの手の中にあったミルクが少しだけこぼれた。

気づいたルカが、泣き出しそうな顔をする。

「大丈夫だよ、ちょっと濡れただけだから」

安心させるようにそう言うと、すかさずポケットの中にあったハンカチで濡れた部分を拭く。

身だしなみにうるさいサーシャが、ハンカチを持たせてくれていてよかった。

乾かそうと服の裾を上げたところで、一瞬手が止まる。

ルカを見れば、不安気な顔でこちらを見つめている。

「ゆっくりでいいから、食べ終わったらルカは部屋に戻ろう。叱られないように、俺も一緒についていくから」

「え？」

くないのだろう。

耀斗がそう言えば、隣に座っていた子供の顔が曇る。ルカを侍女たちのところに戻したくないのだろう。

「大丈夫、ちゃんと侍女には俺から説明するから。それから……名前を、教えてもらえるかな？」

「ティモです。祖父が城の庭師をしています」

「じゃあティモ、これからルカを部屋に送っていくんだけど、色々聞きたいことがあるから、ここで待っててもらっていいかな？」

「わかりました」

それだけで、なんとなく耀斗が聞こうとしていることがわかったのだろう。

ルカよりも年上だとは思うが、やはり賢い子だ。

耀斗はルカが食べ終わったのを確認すると、手を繋ぎ、そのまま部屋へ送っていった。

翌日、昨日と同じ時間帯に耀斗の部屋を訪れたヴェルトに、ルカに関することを全て話した。最初は半信半疑で、むしろ笑みさえ浮かべていたヴェルトの顔が、話が進むにつれ深刻になっていく。

「まさか……ダリントン公爵に限って……」

穏やかな外見で控えめなダリントン公爵に対しては、ヴェルトも信頼を置いているようだ。

昨日はあくまで疑惑に過ぎなかったが、改めてルカに会って、そしてティモの話を聞いて確信した。

ルカよりも二つ年上ということもあるのか、ティモの説明は子供ながら明瞭で、とてもわかりやすかった。

侍女たちのルカに対する態度は、想像していた以上にひどいものだった。

食事中、何かをこぼしたり、汚したりという子供らしい失敗をすると、折檻（せっかん）を受けること。

湯浴みも時々面倒くさがって入れてもらえないこと。入れてもらったとしても、乾かすのを怠ったせいで、ひどい風邪をひいてしまったこともあること。

日中はルカの相手を一切せず、侍女たちでカード遊びに興じていること。

間違いない。ルカは侍女たちから養育を放棄され、虐待を受けている。

「ダリントン公爵が意図して行っているのか、それとも侍女たちが自らの意志で行っているのかはわからない。どちらにしても、今の養育環境はルカにとって絶対によくない」

「それは勿論、わかってる」

真剣な櫂斗の言葉に、ようやくヴェルトも事の重大さに気づいてくれたようだ。

「まずは、ダリントン公爵の周辺を探ってみて……」

「それじゃあ遅い」

きっぱりと、ヴェルトの言葉を否定する。

「今の環境から、少しでも早くルカを助けてやりたい。俺から直接、リーンハルト様に話す」

リーンハルトに会うのは気まずいだのなんだのと、個人的なことを言っていられる状況ではなかった。

「それは構わないが……ただ、今回の件に、兄上が関わっている可能性はないだろうか？」

「どういう意味だ？」

言葉の意味がわからず問いかける。ヴェルトは逡巡し、眉間（みけん）に皺を寄せた。いつになくヴェルトの口ぶりは重かった。

「兄上は、ハインリヒ兄上を裁くことはなかったが、最後までハインリヒ兄上への疑いを捨てきれなかった。それに、ルカの母親はアレンブルク公の娘であるシルヴィア殿だ。二人の子であるルカを、冷静な目で見ることができるんだろうか……」

「ルカの養育が放棄されていることに、リーンハルト様の思惑があるって言いたいのか？」

「俺も信じたくはないが……。だが、兄上はエリアス殿が死んだ原因となった者たちに対して、強い憎しみを持っている。敵国だったイスファリアだけではなく、エリアス殿を見捨てようとした者たちみなに対してだ。だから、もしかしたらルカのことも」

「それはないよ」

耀斗がそう言えば、ヴェルトが少し驚いたような顔をした。

「ハインリヒ様やシルヴィアに対しては、リーンハルト様は思うところがあるかもしれない。だけど、だからといってそれでルカの養育放棄したりなんてしない。たとえ二人が罪を背負っていたとしても、ルカにはなんの関係もないから」

「どうして、そう言い切れるんだ？」

「エリアスの記憶があるんだ。リーンハルト様のことは、全部じゃないけどある程度はわかる。リーンハルト様は、守られるべき立場にいる子供を見捨てるような方じゃない」

リーンハルト自身が孤独な子供時代を過ごしてきたからこそ、確信が持てた。

「なんだよ？」

呆けたまま、耀斗を見つめているヴェルトに問う。

「いや……そうだな。俺が間違ってた。とにかく、なるべく早く兄上に話した方がいいな。今日、午後に報告の予定があるから一緒に……」

「あ、それなんだけど」

「なんだ？」

「ヴェルトに頼みがあって」

燿斗がそう言えば、ヴェルトが怪訝そうな顔をする。決まり悪く思いながらも、燿斗は素直に事情を話すことにした。

◇◇◇

リーンハルトの執務室は、王太子時代に使っていた執務室と同じ部屋だった。即位してからは、てっきり前国王の執務室を使っていると思っていたため、意外ではあった。

それをヴェルトに言えば、今の執務室にはエリアスとの思い出がたくさんあるからだろうと説明された。

そういえば、戦争が始まる前はエリアスもリーンハルトの執務室によく出入りしていた。だからだろう。ヴェルトにリーンハルトの執務室の前まで連れていってもらうと、既視感を強く感じた。

王太子となった当初、その重圧から部屋の中に籠りきりになったリーンハルトを、エリアスは外に連れ出したり、差し入れをしたりしていた。

前国王が使った部屋よりは幾分狭いという話だが、それでもこの執務室は、リーンハルトにとって特別なものなのだろう。

「本当に、一人で大丈夫か？」

詳細までは話さなかったものの、リーンハルトを罵ってしまったこと、それからは一度も会っていないことを燿斗はヴェルトに説明した。

だから、ルカのことは勿論、それに関しても話がしたいのだと。

意外にも、燿斗の話を聞いたヴェルトは怒りを見せることなく、それなら直接話した方がよいと納得してくれた。

「うん、ちゃんと話すし……謝るよ。リーンハルト様は、俺の顔なんて見たくないかもしれないけど」

「いや、それはないだろう」

「そうかな？」

「お前のことを、ずっと気にかけているぞ。俺にも色々聞いてきたし……どうして会いに行かないのかと疑問に思っていたが、そういうことだったんだな」

事情を知ったヴェルトは納得したようだが、燿斗としてはいたたまれない。

「とにかく、リーンハルト様に話してみるよ」

燿斗の言葉を聞いたヴェルトは、執務室の前に立つ衛兵に声をかける。

すぐに扉が開かれ、燿斗は部屋の中に足を踏み入れた。

久しぶりに会うリーンハルトは、机に置かれたたくさんの書類の一つ一つに目を通していた。どことなく疲れているように見えるのは、公務の忙しさもあるのだろうか。

「予定より早かったな？　何か急を要する事態でもあったか？」

入室したのが、ヴェルトだと思っているからだろう。顔を上げずに、リーンハルトが問うた。

どうしよう……いざ謝るとなると緊張する。

部屋に入ってきたものの、黙り込んでいることを訝しく思ったのだろう。リーンハルトが顔を上げ、ちょうど櫂斗と視線が合わさった。

「……カイト？」

リーンハルトが切れ長の目を瞠った。

よほど驚いたのか、先ほどまでさらさらと動いていた羽ペンも止まっている。

すうっと息を吸い、櫂斗は頭を下げた。

「この間は、ごめんなさい」

すぐには顔を上げず、しばらくそのままの姿勢でいる。そしてゆっくりと顔を上げ、座っているリーンハルトを真っすぐに見つめる。

「リーンハルト様の判断により、エリアスの隊が孤立してしまったことは事実です。だけど、それとエリアスが非業の最期を遂げたことは、別の問題です。何より、リーンハルト様は過去のご自身の行いを後悔しています。それをわかっているのに、あなたに理不尽な怒りをぶつけてしまった」

　ごめんなさいと、もう一度最後に櫂斗は謝った。

　リーンハルトは、静かに櫂斗の話を聞いていた。そして櫂斗が話し終えると、ゆっくりと首を振った。

「いや、カイトが謝る必要はない。エリアスの件に関しては、誰も俺を責めなかった。それがかえって辛かった。お前の話を聞いたおかげで、改めて自分の罪と向き合うことができた」

「……それ、もうやめてください」

　深刻な顔をするリーンハルトにそう言えば、リーンハルトが訝し気にこちらを見る。

「エリアスは、最後までリーンハルト様のことを恨んでなんていませんでした。自身の命の焔が消えそうな時でも、リーンハルト様と、ウェスタリアのことを案じていました。俺にはそんなエリアスの気持ちがわからなくて、あなたを恨んだ。あまりにもエリアスが哀れだと思ったから。だけど、それももうやめにします」

　向かい合ってみてわかる。目の前にいるリーンハルトに対して、櫂斗は怒りも憎しみも、何も感じなかった。

「だからリーンハルト様も、もう過去に、エリアスにとらわれるのはやめてください。この十年で、あなたは十分その罪を償った」

エリアスが死んだ後の世界でも、リーンハルトはこれまでと変わらず生き続けると思っていた。最初は罪悪感を覚えていても、それもじょじょに風化して、いつしか忘れてしまうのだと、そう思っていた。

けれど、そうじゃなかった。

エリアスのいない世界を生きるリーンハルトのこの十年が、過酷でなかったわけがない。それこそ異世界からその魂を呼び寄せてしまうほど、リーンハルトも苦しんできたのだ。

「……許されるはずがないと、思っていた。許されては、いけないと」

ぽつり、ぽつりと、ゆっくりとリーンハルトが言葉を紡ぐ。

「いいんですよ、許されて。どうか自分のことでこれ以上苦しまないで、リーンハルト様の人生を歩んでください。多分、エリアスならそう言います。……俺は言いませんが」

「カイトなら、なんと言うんだ？」

「苦しまないで欲しい、っていうのはエリアスと同じです。でも俺は、エリアスのことを忘れて欲しくない」

櫂斗がそう言えば、リーンハルトの頬が僅かに緩んだ。

「勿論、忘れたりなんてしない。生きている限り、エリアスのことを忘れる日なんてこないだろう」

うっすらと瞳に涙を浮かべ、リーンハルトが言った。

「それなら、よかったです」

擢斗も、小さく笑みを浮かべた。するとなぜか、リーンハルトは眩しそうに擢斗を見つめてきた。

「容姿は全く変わらないのに、カイトとエリアスは随分性格が違うな」

「そりゃあまあ、別の人間ですから……すみませんね、エリアスみたいな聖人君子じゃなくて」

「確かに、エリアスならあんなふうに俺の前で泣いて怒ることはまずないだろうな」

リーンハルトの言葉に、先日のやり取りを思い出して擢斗の頬に朱がはしる。

「俺だって、あんなふうに誰かに対して感情を露わにしたのなんて初めてです。だいたい、リーンハルト様だって、見守ることを許して欲しい、なんて言いながら一度も顔を出さなかったじゃないですか。まあ、気持ちはわかりますけど……」

一方的にあれだけ罵られたのだ。言葉ではああ言ったものの、会うのに躊躇するのは仕方ないだろう。

「それは……カイトが、俺の顔を見たくないって言ったから」

「え？　そんなこと言いましたっけ？」

感情的になってリーンハルトのことを責めたのは覚えているが、言った言葉までは覚えていない。

「言った。だからしばらくは、顔を見せない方がいいと思ったんだ」

珍しく、拗ねたような声でリーンハルトが言った。

確かに言ったかもしれないが、その言葉を素直に聞き、会いに来るのをやめたのだろうか。

感情的になって口走っただけなんだから、気にしなくてもいいのに。

そう思うと、自分よりも十は年上のリーンハルトが可愛く見えた。

「ごめんなさい、それはさすがに……ひどかったと思います。そんなことは思ってないので、安心してください」

「それならいいが……ただ、くれぐれも無理はするな。幼い頃からエリアスの記憶を見てきたんだ。お前も、かなり苦しんだはずだ」

え……？

リーンハルトの言う通りだった。エリアスの記憶を、その死を思い出したのが多感な時期だったこともあり、しばらく眠るのが怖くなったこともあった。周囲の人にも知らず知らずのうちの壁を作ってしまい、表面上の付き合いしかできなかった。

そんなカイトの苦しみに、リーンハルトが気づいてくれるとは思わなかった。

容姿が整いすぎていることもあり、冷たく見えるが、実際のリーンハルトは愛情深く、優しい。

「それで？　謝罪をするためだけにわざわざここまで来たのか？」

謝罪をするのだって重要なこと、と言葉を返そうかと思ったが、やめておく。

勿論、リーンハルトに謝ることも目的だったが、ここに来た理由はそれだけではない。

「いえ。リーンハルト様にお願いがあって来ました」

「なんだ？」

「俺に、ルカ様の養育に関わらせていただけないでしょうか」

「ルカの……？」

突然、何を言いだすんだ。そんなふうに思ったのか、眉間に皺を寄せたリーンハルトが首を傾げる。けれど、真剣な櫂斗の表情から何かを察したのだろう。

「何があったのか、詳しく聞かせてくれ」

頷いた櫂斗は、ここ数日の、ルカと出会ったこと、そしてその様子を見て思ったことを話し始めた。

4

小さな机を二つ並べ、ルカとティモが楽しそうに文字を書いている。

ルカが時折手を止め考え込んでしまうと、横にいるティモが気づき、こっそりとヒントをあげているのだ。

微笑ましい二人の様子を、耀斗は穏やかな気持ちで見守っていた。


耀斗がリーンハルトのもとを訪れルカの養育環境に関する相談を行ったその日、目の前の仕事を中断したリーンハルトは、すぐに行動を起こしてくれた。

予想していた通り、リーンハルトはルカが置かれた最悪な養育環境に関して何も知らなかったようだ。

これまでも月に一度は面会を行っていたようだが、短い時間であったし、侍女が見張っている中ではルカもリーンハルトに何も伝えることができなかった。

以前ティモが他の使用人に話そうとした時には、侍女たちがティモを嘘つき呼ばわりし、リーンハルトに報告が行かないようにしていたそうだ。

国王自ら、なんの事前連絡もなくルカの部屋に赴いたのだ。侍女たちにとっては、寝耳に水だっただろう。

しかもリーンハルトと櫂斗、そしてヴェルトがルカの部屋に訪れた時、ちょうど侍女がルカを怒鳴りつけている最中だった。

リーンハルトはすぐにルカを侍女たちから引き離し、一緒に帯同してくれたサーシャに保護を頼んだ。

これはどういうことだと静かに怒りを露わにするリーンハルトに、侍女たちは『違うんです』『ルカ様が言うことを聞いてくれないから、ルカ様のために躾をしていたんです』と見苦しい言い訳を口にした。

そして、自分たちは養育放棄など、虐待などしていないと涙ながらに訴えたのだ。

けれどその最中、ルカの保護を頼んだサーシャがすぐに状況を説明に来た。

服装こそ清潔なものを着ているものの、三日ほど湯浴みもさせてもらえず、さらにその身体は痣だらけだったと。

やっぱり……ルカは虐待を受けていたんだ。

昨日ルカの衣服を拭いた際、少しだけ上げた裾から見えたルカの肌には、真新しい青黒い痣のようなものが見えた。

小さい子供が怪我をするのは珍しいことではないとはいえ、怯えたルカの様子を見ると故意に作られたものとしか思えなかった。

リーンハルトはその場で侍女たちを罷免。親族にもすぐに報告すると淡々と告げた。

この世界において、城で働いた経験のある女性というのは信用が置かれやすい。行儀見習いと同じような扱いであるため、結婚に苦労することもなくなる。

けれど、ルカについていた侍女たちは今後、公の職につくことはおろか、まともな結婚もできないだろう。

涙ながらに謝罪し、その場を去ろうとしない侍女たちは、最後、ヴェルトに命じられた城の衛兵たちが引き連れていった。

その後、改めて侍女から事情を聴取し、さらにリーンハルトはルカの養育を委任していたダリントン公爵にも城への参上を命じた。

翌日城へやってきたダリントン公は平身低頭で、ただただリーンハルトに謝罪を行った。

曰く、ルカの侍女たちの選定に関しては、王都にある女学校の卒業生から、身元のはっきりした者を選んだ。ただ選んだのはダリントン公の部下であるため、自分は直接関係していない。その部下も、昨日のうちに解雇した。

自分は何も知らなかった。ルカ様がそんなにひどい目にあっていたなんて、と目に涙を浮かべて謝るダリントン公は、嘘をついているようにはとても見えなかった。

ただ、謝罪を口にしながらも、あくまで自分は無関係だと主張するその姿に、櫂斗は嫌悪感を覚えた。

ようは……トカゲのしっぽ切りじゃないか。

リーンハルトが、ダリントン公の言葉を信じたのかどうかはわからない。しかし、たとえダリントン公が直接侍女を選んでいなかったとしても、養育を委任されていたダリントン公にも責任は課せられる。

ダリントン公には一部の領地の没収と、三カ月間の領地での謹慎が命じられた。

それでも軽すぎると櫂斗は思ったが、五公のうち二公がいなくなってから、ダリントン公はその分を補うように努めてくれていたそうだ。

エリアスの潔白を証明できたのも、ダリントン公の証言によるところが大きかったのもある。

実際のところ、ダリントン公が今回のルカへの虐待に関わっていたのかはわからない。侍女たちも頑（かたく）なに、ダリントン公は関係ないと口にしていた。

ただそれよりも櫂斗は、リーンハルトが自分の言葉を信じ、すぐに行動に移してくれたことが嬉しかった。

ヴェルトでさえ、最初は半信半疑で説得に時間を要したのだ。

けれどリーンハルトは、疑うことなくルカを助けに向かってくれた。

『信じてくれるんですか？』

目の前の仕事を側近に一時的に預け、執務室を出ようとするリーンハルトに、思わず櫂斗は聞いてしまった。

エリアスの生まれ変わりであるとはいえ、まだこの世界に来て一カ月足らずだ。そんな自分の話を、信じてくれるのかと。

『ああ、お前がそう言うんだからな』

驚く櫂斗に対し、なんでもないことのようにリーンハルトが言った。

櫂斗が言うから、信じる。

真っすぐなリーンハルトの言葉が嬉しくて、胸が震えた。

過去について互いの気持ちを伝えあったとはいえ、完全にしこりがなくなったわけではない。

リーンハルトは未だ過去に対する引け目からか、櫂斗に対して遠慮があるし、櫂斗自身もリーンハルトのことを心から受け入れられたわけではない。

それでも、自分の気持ちや思いをリーンハルトにわかってもらえたことが、櫂斗は嬉しかった。

「カイト様？」

ティモに呼ばれ、ハッとして櫂斗は二人に視線を向ける。

「ああ、ごめん。何？」

「この言葉のつづりなんですが……」

養育に関わらせて欲しい、とは言ったものの、ルカの世話の全てを櫂斗が任せられたわけではない。身の回りの世話は、リーンハルトの命を受けたサーシャに選ばれた侍女たちが行っている。

最初の侍女たちよりも落ち着いた年齢の彼女たちはみなルカを可愛がっていて、そのおかげもあり少しずつルカの情緒も安定してきている。

櫂斗が行っているのは、日中二人の勉強を見たり遊んだりして一緒に過ごすことだ。

これまでは少し離れた場所にあったルカの部屋も、櫂斗の部屋の近くに移された。

時々、侍女と一緒にルカの方から櫂斗の部屋に遊びに来ることもある。

母であるシルヴィアと似た容姿をしていることもあるのだろう。ルカにとって、櫂斗は甘えられる人間になれているようだ。

最初ヴェルトは、貴族でもないティモがルカと一緒に勉強することに少し抵抗があったようだが、ルカが慕っていること、そして今回ルカの状況を知らせてくれたのがティモだということを伝えると、納得してくれた。

もう少しルカが精神的にも安定したら専門の教師をつけてもらう予定だが、簡単な算術や文字を教えることなら櫂斗にもできる。

櫂斗としても、城で何もせずに過ごしているのは手持ち無沙汰に感じていたため、ちょうどよかった。

「うん、二人とも正解。文字も覚えたし、今日は文章、手紙を書いてみようか？」

耀斗に褒められたのが嬉しかったのだろう。ルカとティモは目を輝かせて頷いた。

「二人とも、手紙が書きたい相手がいる？」

「うーん、僕はおじいちゃんかな……」

ティモの祖父は腕の良い庭師で、美しい王宮の庭を造っている。ティモにとって、優しい自慢の祖父なのだろう。

「ルカは？」

耀斗が聞くと、ルカは少し考えるようなそぶりを見せたが、小さく首を振った。

けれどその前に、ルカの唇が動いたのを耀斗は見逃さなかった。

声には出さなかったが、ルカは確かに「おじうえ」と言った。


「ルカに会って欲しい？」

耀斗がそう言えば、リーンハルトはあからさまに困惑した顔をした。

リーンハルトと和解した後、リーンハルトは再び耀斗の部屋を訪れ始めた。それこそ公務が始まる前、毎日顔を見に来るため、さすがの耀斗も困った。

国王がどれだけ多忙であるかは、少しの間、執務室を訪れただけでも十分にわかった。

そんなリーンハルトを、毎日燿斗のもとへと通わせるのはさすがに気が引けた。

けれどそれをやんわりと伝えれば、

『やっぱり、俺の顔を見たくはないか』

などと深刻な顔で言うのだ。

本当にそう思っているのか、それともそう言えば燿斗が断れないと思っているのかはわからない。

いや、おそらく前者だろう。そもそも、混乱している最中に口走った言葉をそのまま鵜呑みにするくらいだ。

最近気づいたが、計算高いように見えて、リーンハルトは燿斗に対しては自身の思いを率直に、そのまま伝えてくる。

リーンハルトなりに、誠実であろうとしてくれているのかもしれない。とはいえ。

え……もしかしてリーンハルト、ちょっと面倒くさいところある?

少なくとも、こういった様子はエアリスには見せなかった。

幼い頃こそ甘える様子は見せていたものの、成長するにつれ王太子として相応しい振る舞いを見せていたはずだ。

燿斗とエリアスは別の人間であるし、年齢だって年上だったエリアスとは違い、燿斗は十も年下だ。

そういった気安さもあり、品行方正で、完璧ともいえるエリアスには見せられなかった一面なのかもしれない。

仕方ない、俺がリーンハルトのもとに通うか。

そんな理由から、ルカの様子の報告するのも兼ねて櫂斗の方からリーンハルトの執務室へ通うようになった。

櫂斗が来るとリーンハルトは仕事の手を止め、従者か侍女を呼び、ちょっとしたお茶の時間になる。

普段、休憩をとらずに公務を行うリーンハルトにとって、いい気分転換になっていると、ヴェルトからはありがたがられた。

リーンハルトと話をするのは一時間程度だが、毎日通っていれば十分だった。

「はい」

「先日、会ったばかりだろう」

ルカの養育環境の悪さに気づけなかったのは、リーンハルトがルカに会う機会が少なかったからでもあった。

その反省も踏まえ、最近は以前よりももう少しルカに会う時間をとってくれてはいる。

「先日って、もう二週間も前ですが」

櫂斗がそう言えば、リーンハルトは『もうそんなに経つのか』と呟いた。

日々多忙な生活を送るリーンハルトとルカでは、おそらく時間の感覚が違う。

リーンハルトがルカを厭うているようには見えないし、むしろ気にかけていることも知っている。ただ、それを表には出さないため、少々わかりにくい。

「だいたい、会ったっていっても一言二言質問して、ルカが頷いてって、それだけだったじゃないですか」

王族や貴族の親子関係――正確にはリーンハルトとルカは親子ではないが――が、平民よりも少し距離があることは知っている。

勿論そうでない家庭もあるのだろうが、エリアスと両親の間はずっとぎこちないままだった。

リーンハルトだって、前国王である父親と頻繁に会えていたわけではないし、そんなリーンハルトの感覚からすると、今のルカとの関係も普通なのかもしれない。

耀斗が不満に思っていることがわかったのだろう。リーンハルトは少し考えるようなそぶりを見せると、表情を曇らせた。

「お前はそう言うが……ルカが俺に会いたがっているとは思えないんだが」

「え？　いや、そんなことはないと思うんですが」

どうしてそんな考えに至ったのだろう。

「なんでそう思うんですか？」

リーンハルトが、手に持っていたフォークを皿の上に置いた。

「お前も知っての通り、ルカの父は弟のハインリヒだ。そして、そのハインリヒが死んだ原因は俺にもある」

「流行り病だったと聞きましたが？」

「そうだ。だが、アレンブルクやリンデルクがいなくなり、城の中でのあいつの立場はどんどん悪くなっていった。幼い頃から、常に多くの人間に囲まれ、慕われていたハインリヒからすれば、耐えられなかっただろう」

前王妃であるハインリヒの母も、確かリンデルク家の出だった。

王妃ということもあり、他のリンデルク家の人間とは違い粛清されることこそなかったが、近しい者たちがみな死んでいったことに心を痛めたはずだ。

前国王が崩御してからは城を出て、今は遠縁の貴族を頼り地方でひっそりと暮らしているそうだ。

我が子可愛さもあり、リーンハルトやエリアスに対しての当たりは強い人だった。

ただ、前王妃も自身とハインリヒの立場を守ろうと、必死だったのかもしれない。

「確かに、ハインリヒ様の死にはそういった側面もあるかもしれませんが。だけど、それとルカになんの関係が？」

「だから……父親をそんな目にあわせた俺を、ルカは恨んでいるんじゃないか？」

思いもよらなかったリーンハルトの言葉に、燿斗は驚く。

リーンハルトの物言いは、同情を引くような感じではなく淡々としていた。

まるで、たとえそうであっても受け入れるのは当たり前だというように。

ふと、以前ヴェルトから聞いた話を思い出す。エリアスを失ったリーンハルトは、その死に直接関わった者たちをみな死に追いやり、縁戚にいる人間からはその地位を奪ったという。

一見感情のままに振る舞っているようだが、おそらくそれだけではない。リーンハルトは自身の行動により、招いた結果を全て自分一人で受け入れようとしている。

この世界に来たばかりの燿斗がどんなにリーンハルトを罵倒しても聞き入れていたのも、そういった理由からなのだろう。

人に頼ることが、できないのかもしれないな。

エリアスが最後までリーンハルトに心を砕いていたのも、そういった理由からなのかもしれない。

「ルカがリーンハルト様を恨んでいるから、お会いしたくないんですか？」

「俺の顔を見ることで、嫌なことを思い出させたくはない。俺たち大人が起こした醜い政争とルカは関係ないんだ。できればそういったこととは関わらず、安全な環境で育って欲しい」

なるほど、ルカと距離を置いていたのはそういった理由もあるのか。

「リーンハルト様のお気持ちはわかりました。それでは、リーンハルト様はルカに会いたいとは思わないんですか？」

「そんなわけないだろう！」

櫂斗の言葉にかぶせるように、すぐさまリーンハルトは否定した。

「悪い……」

感情的な物言いをしてしまったと思ったのだろう。小さく謝られた。

「これでも一応、伯父なんだ。ルカのことは可愛いと思う。それに……ハインリヒは最後までルカのことを気にかけていた。病床についてから、何度かあいつに会いに行った。自分がもう長くはないことを、わかっていたんだろうな。ルカとシルヴィアのことを頼むと、そう言われた。プライドの高いあいつが、涙を流して俺に頼みごとをしてきたんだ。俺にはルカを守る義務がある」

ヴェルトは、リーンハルトはハインリヒに対して最後まで疑心を捨てきれなかったと言っていた。

おそらくそういう側面もある。けれどそれだけではない。リーンハルトはハインリヒに対する情も、ちゃんと持っていた。

人間の感情は複雑で揺らぎやすい。何もかもを簡単に割り切ることなどできない。

「でも、守れてませんでしたよね」

　耀斗が言えば、リーンハルトの表情が歪む。そして何かを言いかけ、口を噤んだ。言い訳をするつもりはないようだ。

「今回のルカへの養育放棄と虐待に、ダリントン公が関わっているのか、侍女たちが独断で行ったのかはわかりません。ただ、リーンハルト様がルカを遠ざけたことによって、こういったことになった側面はあると思います」

「……どういう意味だ？」

「少し考えてみてください。リーンハルト様は戦後、ハインリヒ様についていた重臣を裁かれました。理由があってのことですが、客観的に見て、リーンハルト様がハインリヒ様に良い感情を持っていないと思われるでしょう。しかも、リーンハルト様にはお子がおらず、ルカには王位継承権もある。保護とは名ばかりのもので、ルカはリーンハルト様に厭われている。ルカには何をしても問題ない……そう、判断されてもおかしくない状態だったと思いますが」

　手厳しすぎるだろうかと、リーンハルトの様子を窺いながら言葉を続ける。

　ショックは受けてるみたいだけど……大丈夫かな。

「それに、あの侍女たちのことです。リーンハルト様はルカのことを憎んでいる、ルカは捨てられたのだと、そんなふうに伝えていた可能性もあるとは思いませんか？」

ルカのリーンハルトを見つめる視線には、確かに怯えが混じっていた。

けれどそれはリーンハルトのことを恐れているというよりは、不安気なものだった。そんなルカの目には、見覚えがあった。

大人に捨てられることを怖がり、それでも愛情を請うて従順になってしまう子供の目だ。

「……俺は、また取り返しのない失敗をしてしまったのか」

ぽつりと、リーンハルトが呟いた。少し考えればわかりそうなものではあるが、リーンハルトの胸の内にも様々な葛藤（かっとう）があったはずだ。

「取り返しならつきますよ。そもそも、ルカはリーンハルト様を恨んでなんていません」

目の前に座るリーンハルトが、驚いたような顔をする。

櫂斗は微笑み、白い封筒をリーンハルトへ差し出す。

リーンハルトはそれを無言で受け取り、中の手紙を取り出す。

『おじうえ　会いたいです』

真っ白な紙に書かれた、まだぎこちない文字。

リーンハルトが目を瞠り、手で口元を押さえるのを、櫂斗は静かに見つめ続けた。

専門家ではない燿斗に、子供にとって最適な養育環境というものが何を示すかは正確にはわからない。

スラムの片隅での貧しい暮らしから、国一番の貴族の子息となったエリアスの子供時代は、おそらくそれには当てはまらないだろう。

前者には経済力が、後者には明らかに愛情が不足していた。

それに比べれば、燿斗の母親はよく頑張ってくれていたのだと思う。

書類上の父からの十分な養育費があったとはいえ、裕福ではないものの、母一人子一人で困らない程度に生活はできていた。

一国の王子であるルカには、十分すぎるくらいの経済力はある。

他に必要なのは、自己肯定感を持ち、健やかに育つための愛情だ。

燿斗の行動により劣悪な環境から救われることになったのは、なんとなくルカにもわかっているのだろう。母親とよく似た容姿ということもあり、ルカは燿斗に懐いていた。

ただ、それでも燿斗は他人だ。勿論、子供を育てるうえで血の繋がりは必ずしも必要なわけではない。

だからこそ、ルカの後見人であり、ルカが伯父だと認識しているリーンハルトは、ルカの養育に必要な人間だ。

何よりルカ自身が、リーンハルトからの愛情を欲している。


にこにこと嬉しそうな顔で、ルカは自分の目の前に置かれた菓子を食べている。

新しい環境になったばかりの頃のルカは、菓子を出されると本当に自分が食べてよいのかと不安そうな顔でこちらを見た。

サーシャから聞いた話では、厨房の料理長は毎日ルカのために甘い菓子を用意していたのだが、それらはほとんど侍女たちの腹の中に収まり、ルカが食べることはできなかったようだ。

子供の目の前で自分たちだけで菓子を食べるという神経が耀斗には理解できなかったが、侍女たちの感覚はそれだけ麻痺していたのだろう。

「少しずつ、お茶も飲みながら食べるんだよ。スコーンだけだと喉に詰まるから」

耀斗がそう言うと、ルカは頬を赤くしてこくこくと頷き、まだ温かいお茶を口にした。

そういえば、リーンハルトも昔から甘いお菓子が好きだったな。

隣で同じものを食べているティモも、ルカを真似るように茶を飲んだ。

正式にルカの遊び相手となったティモは、寝る時以外は基本的にずっと傍にいる。

ルカはこちらの言っている意味はわかっても、自らの意志で喋ることができないため意思疎通が少し難しい。ティモにはそれが補うことができ、耀斗がいない時のルカの様子も、侍女たち以上に詳しく説明してくれる。

聴覚にも声帯にも問題はないというのが医師の見立てだったが、未だルカは自らの意志で喋ることはなかった。

以前の、シルヴィアがいた頃からルカを知っている侍女に話を聞けば、その頃のルカは普通の子供と同じように話すことができたという。

笑顔をよく見せる、可愛らしい子だったと当時を思い出しながら侍女は話していた。

先日までルカを見ていた侍女たちは、ルカが大きな声を発したり、泣いたりするとその身体を殴打していたという。

うるさい、というのが彼女たちの弁だが、子供が声を出すのは当たり前のことだ。

その精神的なショックもあり、ルカは喋ることができないのではないか、というのが医師の見解だった。

発声練習をしているため、最近では声は出せるようになった。ただ、それでも言葉は出てこない。

ルカは懸命に喋ろうとしているのだが、いざ口を開くとその声が空気に触れることはないのだ。

ただ、言葉は出なくとも、ルカはこれまでよりずっとよく笑うようになった。

『急ぐ必要はありません。いつになるかはわかりませんが、ルカ様が喋りたいと心から思えたら、喋ることができるはずです』

老医師はそう説明した後、不思議そうに老医師を見るルカの頭を優しく撫でた。

大丈夫、一日一日、少しずつルカは成長している。

ルカが夕食を食べ終わると、ティモを迎えに庭師の祖父がやってきた。

いかにも好々爺（こうこうや）といった趣のティモの祖父は、いつも柔和な笑顔を浮かべている。

最近は晴れた日はなるべく庭に出るようにして、ルカが気になった花や植物、そして昆虫の名前を教えてもらっている。

ただ、ティモの祖父が来ると、少しだけルカは寂しそうな顔をする。

ティモがいなくなったルカの部屋は、シンと静まりかえってしまう。

櫂斗も正直、自分の部屋に帰るのに後ろ髪を引かれてしまう。

それでも、いつまでもここにいるわけにもいかない。いつもの通り、また明日ね、とルカに声をかける。けれど、その時だった。

「国王陛下」

ひどく驚いたような侍女の声が聞こえ、反射的に櫂斗も部屋の扉に視線を向ける。

「リーンハルト様……？」

リーンハルトが、ルカの部屋の中へと入ってくるのが見えた。その後ろには、ヴェルトも続く。

「遅くなってすまない、ようやく時間がとれた」

本当に、来てくれたんだ。

リーンハルトの言葉に、耀斗は笑顔で首を振る。リーンハルトが頷き、次にルカへ視線を向けた。

数日前、ルカからの手紙を受け取ったリーンハルトはしばらくの間それを見つめていた。たった一言が書かれた手紙ではあったが、リーンハルトには思うところがあったのだろう。ようやく口を開いたリーンハルトは、「時間ができ次第、ルカに会いに行く」とだけ言った。

多忙とはいえ、物理的な時間は、捻出しようと思えばできるはずだ。リーンハルトに必要だったのは、おそらく心を整理するための時間だったのだろう。

それでも、口約束ではなくちゃんとリーンハルトはルカに会いに来てくれた。

ルカを見れば、驚いたような顔でリーンハルトを見つめている。少し緊張はしているようだが、頬は微かに紅潮している。

「もう、夕食は食べ終わったのか？」

リーンハルトが問えば、ルカはこくりと頷いた。

「そうか、次はもう少し早く来るようにする。一緒に食事をとろう」

さらに言葉を続けると、ルカは何度も首を縦に振った。

「ルカ」

リーンハルトがルカに歩み寄り、腰を下ろして目線を合わせる。

「今まですまなかった。お前に、寂しい思いをさせてしまっていたな」

少しぎこちないながらも、ゆっくりと、いつもよりも幾分柔らかな声だった。

ルカが目を何度か瞬かせ、ふるふると首を振った。

「こんな俺だが、お前は伯父と認めてくれるか？」

ルカの瞳が、大きく見開かれる。

ただただ、リーンハルトがここにいてくれることが嬉しい。そんなふうに櫂斗は感じた。

「はい、伯父上」

喋った……！

掠れたような、聞き取るのがやっとの小さな声だった。

リーンハルトも驚いたのだろう。じっとルカの顔を見つめると、おずおずと手を伸ばし、
その小さな身体を抱きしめた。

ルカが嬉しそうに、くすぐったそうな笑みを浮かべた。

よかった……。

そんな二人の様子を見届けた櫂斗は、こっそりとルカの部屋を後にした。

なんか、らしくないことしちゃったよな…。

廊下に出た櫂斗は、そっと自身の頬に手を置く。

これまでなるべく人と関わらないように生きてきた。

自分と相手の間に境界線を引き、それ以上は踏み込まないように、踏み込ませないようにしてきた。

自己の能力の高さを知っているからこそ、それを誰かに利用され、搾取されるのは御免だったからだ。

おせっかいな行動だよな。エリアスじゃあるまいし。

いや、エリアスならもう少しルカに親身になっていただろうし、リーンハルトに対しても優しく助言していただろう。

慣れないこと、するからだよなあ。

だけどそれでも、嫌な気持ちにはならなかった。

ようやく自分の言葉を取り戻すことができたルカの笑顔も、リーンハルトのぎこちない笑みも、見ている櫂斗の方まで幸せな気持ちになった。

おそらく、あの場にいればリーンハルトから礼を言われていただろう。

その空気に耐えられず、思わず外に出てしまった。

別に、リーンハルトのために動いたわけじゃなくて、自分とルカのために動いたわけで。って、そんな言い訳してる時点でダサいな。

結果オーライ。とにかく、二人の間のわだかまりがなくなったんだから、それでいいじゃないか。

二人に挨拶(あいさつ)をしていないのは気になったが、とりあえず自分の部屋に帰ろうと、そのまま足を進める。

「カイト!」

けれどしばらく歩き始めたところで名前を呼ばれ、仕方なく振り返った。

「ヴェルト?」

急いで追いかけてきてくれたのだろう。珍しく焦ったような顔をしていた。

「何?」

「その……ありがとう」

「え?」

「兄上と、ルカのことだ。二人の関係がうまくいっていないことはわかっていたのに、俺にはどうすることもできなかった」

「ああ、それは仕方ないんじゃない？　ヴェルトからすると、ハインリヒ様やシルヴィアのことでリーンハルト様が心を痛めていたのも知ってるし、これ以上負担をかけたくなかったんだろうし」

騎士としてリーンハルトを傍で支え続けているヴェルトだ。その心境を慮ってしまうのは致し方ない。

櫂斗の言葉に、ヴェルトは戸惑ったような顔をし、さらに言葉を続けた。

「どうして、ここまでしてくれるんだ？」

「は？」

「エリアス殿の甥とはいえ、ルカはお前にとってはなんの関係もない子供だろう？　それなのに……」

「子供を大人が守ることに、理由がいる？」

大したことはしていない、と言う前に、反射的に出た言葉だった。

別に櫂斗だって、恵まれない全ての子供を救おうとか、守ろうだなんて大それたことを思っているわけではない。ただ、目の前にいる小さな存在を守りたかっただけだ。

ヴェルトはしばらく驚いたような顔をして、じっと櫂斗を見つめていた。

もう、自分の部屋に帰ってもいいかな。

けれど櫂斗がそう言う前に、ヴェルトの方がその口を開いた。

「昔……エリアス殿に聞いたことがあった。また、戦場に行くのですか？　怖くはないですかと。その時、エリアス殿が言ったんだ。怖い気持ちがないわけではありません。それでも、これは私たち大人が始めた戦争です。ウェスタリアのため、そしてヴェルト様たちが大人になった時に平和な世界を生きられるために、私は戦います、と」

過去を懐かしむように、噛みしめるようにヴェルトが言った。

「子供だった俺は、エリアス殿が言っている意味がよくわからなかった。そしてその意味がわかるようになった頃、エリアス殿がこの国の、俺たちの未来のために戦ってくれたんだとわかった。俺が騎士団に入ったのは、エリアス殿が守ってくれたこの国の平和を守るためだ。お前の話を聞いて、エリアス殿の言葉を思い出した。やはり、お前とエリアス殿は似ているな」

晴れ晴れした表情で、ヴェルトが言った。

ヴェルトからこんな爽（さわ）やかな笑顔を向けられたのは、初めてだった。

「そ……そんなことがあったんだ」

照れくささを誤魔化（ごまか）すようにそう言えば、ヴェルトが思い切り表情を歪ませた。

「はあ？　お前、覚えてないのかよ」

「仕方ないだろ、エリアスの記憶があるって言ったって、何から何まで覚えてるわけじゃないんだから」

夢の中で、エリアスが幼いヴェルトと話しているのを何度か見てはいたが、その会話には聞き覚えがなかった。

「まあ、それはそうだろうけど」

櫂斗がそう言うと、ヴェルトが拗ねたような顔をする。

「エリアスは思ったことを言っただけで、そんな特別な意味はなかったんだと思うよ。でも、お前が騎士団に入ったって聞いたら、喜んだだろうな」

家族に恵まれなかったリーンハルトのことを、エリアスは心配していた。成長したヴェルトが支えになってくれているのは、エリアスにとっては僥倖だろう。

櫂斗がそう言えば、ヴェルトの表情が柔らかくなる。

「部屋まで……」

「カイト」

ヴェルトが何か言いかけたところで、他の第三者の声が聞こえてくる。視線を向ければ、僅かに憮然とした表情でリーンハルトが立っていた。

櫂斗、そしてヴェルトへと順番に視線を向け、眉間に皺を寄せる。

理由はわからないが、なんとなく雰囲気がよくない。それよりも。

「ルカは、もう休みましたか？」

気になっていたことを聞くと、リーンハルトが頷いた。

「ああ、まだ話したいこともあったようなんだが、時間が時間だからな。明日また会いに来ると約束したら、そのまま素直にベッドに入った」

「それは、よかったです」

笑顔でそう言ったが、リーンハルトの表情は難しいままだ。

「それで？　お前たちはなんの話をしていたんだ？」

「え？　別に大したことは……」

話してないよな、と確認するようにヴェルトに視線を向けると、なぜかその目が泳いだ。

「兄上、私は一つ仕事が残っておりますので、カイトを部屋に送っていっていただけませんか？」

そして、訴えかけるようにリーンハルトに言った。

「いや、大した距離じゃないし……」

別にいい、と言おうとしたら、なぜかヴェルトから強い視線をぶつけられた。

え？　なんで俺、睨まれてるの。

「わかった」

リーンハルトが了承すると、ヴェルトは頭を下げ、そのままその場を去っていった。

改めて二人きりになると、なんとなく気まずい。

「ヴェルトはああ言っていましたが、部屋までそんなに距離はありません。一人で大丈夫ですよ」

「……俺と二人きりになるのは嫌なのか」

「いや、そうじゃなくて」

なんかこの会話、少し前にもしたな。

「嫌だったら毎日執務室に行ったりなんてしませんから」

「だったら構わないだろう、送っていく」

そう言われてしまえば、断りようがない。

「じゃあ、よろしくお願いします」

そう言って櫂斗が歩き出せば、リーンハルトも少し遅れて歩き始める。

身長差があるからだろうか。歩き始めたのは櫂斗が先だったのに、すぐに追いつかれてしまう。むしろ、リーンハルトが櫂斗を抜かさぬよう、気をつけているようだ。

「カイト」

視線を前に向けたままのリーンハルトに、名前を呼ばれる。

「はい？」

「ありがとう。お前に言われて、ようやくルカと向き合うことができた」

「いえ、別に……」

「このままではいけないとは思っていたんだが、ハインリヒのこともあって、ルカに対して引け目を感じてしまっていた。子供にとって、一人がどんなに寂しく心細いものかを、誰より知っていたはずなのにな」

「気づいてくださってよかったです。ルカ、嬉しそうな顔をしてましたね。お忙しいとは思いますが、これからはもう少し時間をとってあげてください」

「ああ、勿論だ」

力強いリーンハルトの言葉に、櫂斗も頷く。先ほどの様子を見る限り、もう大丈夫だろう。

「ところで」

「はい」

「ヴェルトと随分仲良くなったんだな」

「え」

思ってもみなかった言葉に、顔が引きつる。

以前のような険悪さこそないものの、仲が良いかと言われると素直に頷けない。

「随分、気安かったが」

「まあ、年齢も近いですし……堅苦しい喋り方は必要ないと言われたので」

「俺に対しても、あれくらい気安く喋ってはくれないか？」

「え⁉」

思わず、リーンハルトの方に視線を向けてしまう。

「お前が嫌だったら、無理にとは言わないが」

と言いつつも、その表情は明らかにムッとしている。

「嫌とかそういう問題ではなくて、さすがに国王陛下に対してああいった物言いは……」

「だが、俺に対しても本音を洗いざらい話していた時はあんな感じだったぞ」

「あの時は……！」

思い出すと、恥ずかしさに頬に熱が溜まる。

「確かに……そうでしたね。感情的になっていたと思います。恥ずかしいので、忘れて欲しいんですが」

「いや、俺はお前の本音が聞けてよかったと思う。気を使ってくれているんだとは思うが、なんだか落ち着かない」

「でも、エリアスはずっとリーンハルト様に対しては丁寧な物言いでしたよね？」

「それは、エリアスは俺の教育係で、騎士だったたからな」

言外に、お前は違うだろうと言われる。その通りなんだが、なんだか少しだけもやっとする。

「やはり嫌なのか……？」

黙り込んでしまうと、さらにリーンハルトが聞いてきた。ちらりと視線を向けると、拗ねたような顔をしている。

「わかりました……いや、わかった。その代わり、リーンハルト様も俺に遠慮するのはやめてよ」

「遠慮？」

「うん。リーンハルト様が俺に気を使ってくれてるのはエリアスの生まれ変わりだからなんだろうけど。俺自身はこの世界で功績も何も残してないのに、やたら気を使われるのは申し訳なくてさ。まあ、最初があんな感じだったからそうなっちゃったんだとは思うけど……もう、そういうのはいいから。何から何まで面倒を見てもらってるのも、申し訳ないし」

正直、リーンハルトの罪悪感を口実に利用しているようで、決まりが悪い。

「あ、でもだからってじゃあとっとと城を出て外で働けっていうのはやめて欲しいかも。城を出るにしても、もうちょっと準備とか色々……」

「言わない」

燿斗の言葉は、途中でリーンハルトに遮られた。

「そんなこと、言うわけないだろう。そもそも、この世界にお前を呼んだのは俺だ。もしお前が城を出たいと言うのなら、屋敷も領地も用意する」

「いや、だからそういうのをやめて欲しいわけで……まあ、しばらくは城でお世話になるよ」

「わかった」

なぜか満足げに、リーンハルトが頷いた。

そんなに俺が城にいるのが嬉しいのか……？　まあ、そりゃそうか。エリアスの生まれ変わりだから。

自分で納得しながらも、少しだけ胸がざわりとする。

既にもう自分の部屋は目の前で、櫂斗はリーンハルトに送ってくれたことの礼を言い、そのまま別れた。

胸のざわつきに関しては、部屋に入った時にはもう忘れていた。

5

少しずつ言葉を発せられるようになったルカは、半年も経つ頃には普通の子供と同じように喋（しゃべ）ることができるようになった。

ルカと会話ができるようになったことにティモは喜び、これまで以上に二人は仲良くなった。

子供らしい二人の会話は聞いているだけで面白くて、自然と櫂斗も笑顔になる。

さらに、今まで自由に聞くことができなかったからだろう。箍（たが）が外れたように、ルカは色々なことを櫂斗に聞くようになった。

「カイトはどうして母上にそっくりなんですか？」

本当のことを話すわけにはいかないため、ルカの母とは遠い親戚（しんせき）なのだと伝えた。

親戚の意味がルカに理解できたのかどうかはわからないが、とりあえず納得はしてくれたようだ。

元々利発な子供なのだろう。好奇心に溢（あふ）れたルカの質問を微笑（ほほえ）ましく思いながら、丁寧に櫂斗は答えていく。

ただ、時折櫂斗の方が返答に詰まるような質問もしてきた。

「カイト、伯父上には、国王陛下には王妃様はいないんですか？」

「え？」

歴史、といっても簡単にウェスタリア王国の成り立ちの説明をしている時に、ルカが聞いてきた。ウェスタリアの始祖王には、賢い王妃がいたという話をしたからだろう。

「国王陛下はまだ結婚されてないから……」

「カイトは？」

「は？」

「カイトは、伯父上の妃にはならないんですか？」

無邪気な笑顔で聞いてくるルカに、櫂斗は咄嗟に言葉が出てこなかった。

「違いますよ、ルカ様。カイトさんは男性なので、もし国王陛下とカイトさんが結婚なさる場合は妃ではなく伴侶になるんです」

「そうなんだ」

ティモの言葉に、ルカが感心したような顔をする。

「そうだね。ティモの言う通り、ウェスタリアでは同性同士の婚姻も可能だから、もし国王陛下が男性と結婚した場合は妃ではなく伴侶になるんだよ」

「よかった～、じゃあ伯父上とカイトは結婚できますね」

いや、よかったじゃない。

子供の言うことだとわかっていながらも、内心燿斗は突っ込んでしまう。

そもそも、どうしてそんな話になったのか。思い当たる節は十分にあった。

遠慮はやめて欲しいと言ったのもあるだろう。これまでよりもリーンハルトが燿斗と話す機会が増えた。

ルカの授業をしている最中に顔を出すこともしょっちゅうで、ほんの短い間ではあるが二人の気軽なやり取りを見て、ルカはリーンハルトと燿斗が親しいと思い込んだようだ。

確かに親しくないわけではない。ここに来た頃よりは、互いに随分打ち解けた。

以前は燿斗の言うことであればなんでも受け入れる勢いだったリーンハルトが、最近はやんわりと反論してくるのもいい傾向だと思う。

けれど、あまりに頻繁に訪れるため、明らかにルカやティモは誤解している。

まあ、ここに来る時にはルカに会いに来てるわけなんだけど。

さり気なく、ルカの学習がどこまで進んでいるかも確認しているため、燿斗としても背筋が伸びる思いだった。

ルカの養育を申し出た時には、ただ、あの環境からルカを助けたいという思いからだったが。よくよく考えれば、ルカは王位継承権を持つ王族だ。

自由に喋れるようになったことにより、他人とのコミュニケーションだってとれるようになってきている。

エリアスと、そして現代の知識があるとはいえ燿斗には帝王学を教えることはできない。頃合いを見計らって、専門の教師に交代した方がよいだろう。

誰か、ルカにとって良い師となる人物はいるだろうか。

そんなことを考えていると、ちょうど自身の目の前に座るティモと目が合った。

ここのところ、燿斗を見るティモの様子はそわそわと落ち着かない。そしてその理由には、心当たりがあった。

「今日、アデル准将に話してみるから、少し待っててね」

ティモだけに聞こえるよう、こっそりと話す。

燿斗の言葉に、ティモが嬉しそうに頷いた。

◇◇◇

アデルとはあの後も、定期的に会う場を作ってもらっていた。

記憶の中、夢の中とはいえ戦場をともに駆けた部下、仲間たちのその後が燿斗も気になっていたからだ。

最初の方こそ、会うたびに涙ぐんでいたアデルだが、最近ではさすがにそれもなくなった。

燿斗のことをエリアスではなく、燿斗として見てくれるようになったようで少し嬉しい。

今日はヴェルトもいたため——ヴェルトは当時の話を聞くのを楽しみにしているようだ
——ちょうどよかった。

話が途切れた頃を見計らい、燿斗は口を開く。

「ところで、今日は騎士団のことでアデルさんに相談があるんですが」

「なんだ？」

「……いつからアデルさんになったんだよ」

先に返事をしたヴェルトに対し、呆(あき)れたように言う。

「騎士団に関することなら、俺に相談した方が話が早いだろう」

自分の方が地位は上なんだから、ヴェルトが言い放った。

全く戦場に出たこともない若造が、と思ったが、それは燿斗も同じだったので口に出すのはやめておく。

けれど、なんとなく顔に出ていたのだろう。

「俺にだって、聞く権利はあるだろう」

少しムッとして言うヴェルトに、吹き出しそうになる。

「あるよ。というかまあ最終的にはヴェルトの許可も必要なんだろうけど、まずはアデルさんに相談をって思ったんだ」

「と、いいますと？」

自分たちのやり取りを笑顔で見守っていたアデルが口を開いた。

「士官学校、もっといえばその前の幼年学校における、入学基準の見直しをすることはできませんか？」

「年齢を早める、ということですか？」

ウェスタリア幼年学校は、十三歳以上、十五歳以下の少年が受験することができる全寮制の教育機関だ。その後士官学校へ進学し卒業すると、王に忠誠を誓う騎士となる。

エリアスも幼年学校を卒業し、後に士官学校へ入学した。

「そうじゃなくて、入学基準の第一項目にある、貴族の子弟かそれに準ずるもの、というものを撤廃して欲しいんです」

思ってもみない提案だったのだろう。アデルの顔が明らかに引きつった。

「それは……」

「無理だな」

これにも答えたのは、アデルではなくヴェルトだった。

「カイトだって、エリアス殿の記憶があるならわかってるだろう。士官、そして騎士になれるのは貴族だけだ。その高貴なる義務（ノヴレス・オブリージュ）を、この国の貴族たちがみな誇りに思っていることも」

「勿論、知ってるよ。でも、実際の戦場では地位や身分なんて、もう関係がなくなる。特に、十年前の戦争はそうだった」

ウェスタリアが行ってきた戦争は、局地的な、そして短期的なものがほとんどだった。けれど、剣と弓矢だけではなく、小銃という武器の発達、さらに往来が整備されたことにより大規模な物資の輸送が可能となった。

開戦当時、長くとも半年、冬までに終わると言われた戦争が三年以上続いたのもそれが理由だ。

「傭兵頼りだったウェスタリアの兵力は一年で激減、国内の諸侯に依頼して途中から補うことはできたが、当初から安定した兵力をもっていればあそこまでの長期戦は避けられたと思う」

「そういえば、イスファリアは徴兵制を敷いているんでしたね」

「さすがに徴兵制までいかなくてもいいと思うけど、全面戦争になった時に一番被害を被るのは武器を持たない人々だ。今のところ、イスファリアとの関係は安定しているとはいえ、それだっていつまでもつかわからない。平時の今だからこそ、なるべく次の戦争への備えを行っておきたい」

息をつく暇もなく言い切れば、目の前に座るアデルと、そして壁に身体を預けていたヴェルトがまじまじとこちらを見ている。

「……何？」

「いや、エリアス殿の記憶があるとはいえ、随分しっかりした意見を持ってるんだな？」

「まあ、今も似たようなことを勉強してたから」

「そうなのか⁉」

よほど驚いたのか、ヴェルトが目を丸くする。

あれ、話してなかったっけ。いやあれはリーンハルトに言っただけだったな。

「今世でも騎士をされていたんですか？」

「そうじゃないですが……俺のいた世界では馬が戦争に使われることはほとんどないから、騎士自体もう一部の国の形式的な存在でしかないんです。俺自身は戦争は経験したこともないですし、どっちかっていうとやってたのは研究に近いと思います」

「研究の内容はどういったものですか？」

「うーん、過去の戦史から見た戦術の研究とか……エリアスがあの時要塞で捕らわれたのが本当に悔しくて。どうやったら防げたのかな〜とか色々考えてたら、いつの間にかその分野に興味を持ったのかもしれません。他には、戦時下における法制とか……」

エリアスのことはあまり重くならないように話せば、「なるほど」とアデルは興味深げに頷いた。

「すごいじゃないか！」

「え？」

横で話を聞いていたヴェルトが、途端に前のめりになる。

「お前、それだけの知識と能力があるのに、どうして今まで言わなかったんだ⁉　ぜひ、その力を軍で生かして……」

「それはダメだよ」

「どうして？」

きっぱりと断れば、ヴェルトが不服そうな顔をする。

「ウェスタリアのためには、もう働きたくないってことか？」

「そうじゃなくて……正式なウェスタリア人でもない俺が軍の仕事に関わるのはよくないと思う」

「些末な問題だろう？　そもそも、お前の立場は兄上が保証しているんだし」

「だからだよ、もし俺が何か失態を犯せばリーンハルト様の責任になる。そんなの嫌だ」

得体のしれない人間を軍の中枢に関わらせるだけでもリスクがあるのだ。簡単に引き受けられるような問題ではない。

「それでしたら、正式にウェスタリア人として、軍に入ってはいかがでしょうか？」

「え？」

「勿論、騎士として現場に立つわけではありません。どちからというと裏方で、現在の軍の形態や法の整備をしたり、あと現在各国との間で進められている戦時下における国際法についても協力していただきたいんです」

「戦時下における国際法？」

「はい。エリアス殿は、降伏をした敵兵に関しては武装解除を求め、さらに負傷兵に関しては敵味方問わず治療するよう命じておりました。イスファリア兵の中にはそれで助かった者も多く、エリアス殿が捕虜として亡くなったことへの謝罪を申し入れてきたんです」

「そう、だったんだ……」

初めて聞く話だった。エリアスは騎士道精神が高く、戦えない者に対して決して剣を向けなかった。

夢で見ていた時には、いささか理想が高すぎると思っていたし、味方の中にも反発していた者だっていた。

それでも、最後までエリアスはその方針を守り続けた。それを、わかってくれた人たちがいる。

やっぱり、エリアスはすごい……！

「そして今後のためにも、戦時下における捕虜の扱いを改善しようと、そういった動きが両国の間に出てきています」

「つまり、ジュネーヴ条約みたいなものを作りたいってことか」

「ジュネ……なんです？」

「いや、こっちのこと。そういうことなら、協力したい」

「ありがとうございます。あと、カイト様が軍に協力してくださるなら、先ほど仰っていた幼年学校や士官学校の入学条件の緩和も、進言しやすくなると思うんです」

「ああ、確かに。そうだよな」

本音を言えば、これまでは軍は勿論、国の仕事に関与するつもりはなかった。

ただ、ルカも落ち着いてきた今、日中ルカとずっと遊んでいるだけというのは気が引ける。

エリアスがああいった最後を迎えたのは政争に敗れたからでもあるし、同じことを繰り返すつもりもなかった。

自分にもできることはあるとわかっていても、それを誰かに利用されたくなんてなかった。

だけど、今は違う。

「後で、リーンハルト様にも相談してみます」

けれど耀斗がそう言った途端、アデルとヴェルトは顔を見合わせ、表情を曇らせた。

「そうでした。カイト様に関することは、最終的に国王陛下の許可が必要なんですよね」

「俺も一緒に頼んではみるが……正直、説得できる自信はない」

リーンハルトの名前が出た途端、先ほどまでとは違い明らかに二人の言葉はトーンダウンしていた。

「え？　いや、大丈夫だろう？」

擢斗はそう言ったものの、二人の表情は最後まで晴れなかった。

◇◇◇

「ダメだ」

バッサリと、いっそ清々しいほどに言い切ったリーンハルトに、擢斗は目を白黒させた。

擢斗の目の前に座るリーンハルトはいつも通り端整な顔をしている。ただ部屋に入った時には良かった機嫌が、見事に下降していた。

これまでリーンハルトが擢斗の提案や要望を否定したことはなかった。

それこそ、擢斗が望むならなんでも叶えたいという言葉の通り、聞き入れてくれていたからだ。勿論、それほど無理を言ってこなかったこともあるが。

だからはっきりと否定されたことに、擢斗は怒りや焦りよりもまず驚きを感じた。

「兄上、まずはカイトの話を聞いてください。カイトは……」

「うるさい、お前には関係ない。そもそも、どうしてお前がここにいる？」

「待って、それは言いすぎじゃない？　ヴェルトは俺を心配して一緒に来てくれたんだから」

さすがにヴェルトがかわいそうになり、二人の会話に口を挟む。

今日は公務が立て込んでいるから、夕刻過ぎに会いに行くと事前に伝えていた。

当初は櫂斗一人の予定だったのだが、昼間の話の後、ヴェルトも説得に協力したいと申し出てくれたのだ。

櫂斗の言葉を聞いたリーンハルトが、ぐっと黙り込む。けれどその表情は明らかに不機嫌なままだ。

「いや、俺は別に……」

雰囲気を察したヴェルトが、及び腰になる。

リーンハルトはヴェルトに厳しすぎる気もする。とはいえ、騎士団を任せていることからも信頼はしているはずだ。

それをわかっているからこそ、ヴェルトもリーンハルトを慕っているのだろうが。

「ヴェルト、せっかく来てくれたのに悪いんだけど、今日はリーンハルト様と二人で話をさせてもらっていい？」

「しかし」

「頼むから」

そこまで言うと、ヴェルトは頷き、頭を下げて執務室を出ていった。

多分、ヴェルトが一緒にいても櫂斗の側についていることでよりリーンハルトは頑なになるだけだ。

リーンハルトが、櫂斗が軍属となるのを嫌う理由には予想がつく。

だからといって櫂斗にだって自分の考えがある。まずは自分自身の考えを説明して、リーンハルトの話を聞こう。

「リーンハルト様」

櫂斗が名を呼べば、憮然とした表情のまま視線がこちらを向いた。この話には絶対応じない、とそんな意志を感じる。

昔から、こんなふうに頑固なところがあったもんな……。

リーンハルトとエリアスには年齢差もあれば、元々は教育係だったことから二人が口論になることはほとんどなかった。

ちょっとした言い合いになると、エリアスはすぐに強く意見することを諦めてしまっていたように思う。

温厚な性格だったこともあるが、その成育歴もあって、衝突することを最初から避けていたような気がする。

耀斗だって、別に喧嘩が好きなわけじゃない。相手に不快な思いをさせたいわけじゃないし、自分も嫌な気持ちになりたくない。

それでも、たとえ衝突しても、自分の気持ちは伝えなければいけないことがあるのを知っている。

「時間も時間だし、夕食を食べながら話さない？」

ちょうどお腹も減ってるし。

耀斗がそう言えば、拍子抜けしたのだろう。強張っていたリーンハルトの頬が僅かに緩んだ。

「……わかった」

咳払いをし、すぐに厳しい表情に戻したが、先ほどより声色は穏やかになった。

リーンハルトが従者を呼び、食事をこちらに用意するよう説明する。

それを見つめながら、耀斗はどうリーンハルトを説得するか整理した。

作物が豊富なウェスタリア料理の美味しさは、この大陸でも有名だ。

特に城の食事ともなれば、国中から集められた様々な野菜やお肉をふんだんに使ったものが出される。

勿論、香辛料や砂糖が豊富な現代に比べれば少し質素な味ではあるが、それでも素材を生かした料理はどれも美味しい。

今日の夕食は鶏肉を使ったシチューと魚のソテー、きれいな色のサラダと卵料理も用意されていた。

燿斗の目の前に座ったリーンハルトは、黙々と出された食事を口に運んでいる。

表情を見れば、先ほどより幾分機嫌がよくなったように思える。

「なんだ？」

燿斗の視線に気づいたのだろう。少し訝(いぶか)し気に問うてくる。

「は？」

「美味しそうに食べてるな〜と思って。お腹が空(す)くと、イライラするんだよな」

「どうせ今日は、忙しいからって昼食も食べずに仕事してたんだろ」

よくないよ、と燿斗が言えば、リーンハルトが苦虫を嚙(か)み潰(つぶ)したような顔をする。

「別に、それが理由でイライラしたわけじゃ……お前の話に反対したのには正当な理由だってある」

「だったら、まずそれを説明してよ」

燿斗がそう言えば、リーンハルトが顔を顰(しか)めた。

「それに、こっちの話も聞かずに『ダメだ』はやっぱりひどいと思う。それとも、国王陛下は平民の意見なんて聞けませんか？」

揶揄(からか)うような櫂斗の言葉に、リーンハルトの視線が泳ぐ。

「それは……、そもそもなんで軍に所属するなんて話になったんだ？　そんなこと、昨日までは全く言ってなかっただろう？」

「俺もそのつもりはなかったんだけど……元々のきっかけはさ、軍の幼年学校と士官学校への入学基準を緩和してもらえないかって、二人に相談したんだ。今はどちらも貴族の子弟かそれに準ずるもの、って基準があるけど、試験に合格できれば貴族以外の人間も入学できるようにって」

ウェスタリア士官学校の歴史は古く、歴代王家に仕えた騎士たちもみな卒業している。貴族の子弟だからといって必ずしも入学できるわけではなく、倍率も毎年高い。けれど、平民の子供たちにはまず受験資格すらない。

「理由は？」

「え？」

「カイトが、そう思ったきっかけが何かあるんだろう」

「その……ティモって言ってわかるかな？　ルカといつも一緒にいる」

「ああ、庭師のヤンの孫だな」

「知ってるんだ？」

「ヤンは若い頃は傭兵で、父上に気に入られて城に徴用されたんだ」

優しそうなティモの祖父からは想像できないが、確かに年齢にしては身体つきもしっかりしていた。

「それで、ティモがどうしたんだ？」

「三日前かな、ティモに相談されたんだ。将来、大きくなったら騎士になってルカのことを守りたいって。だけど、それを祖父に話したらお前の身分では無理だって言われた。どうしたら、騎士になれますかって」

「それは……なかなか難しい質問だな」

傭兵だったヤンは、騎士になるには貴族の身分が必要だということを知っているはずだ。

「初めてティモに会ったのは、まだ侍女たちから養育を放棄されてる時でさ。俺がルカに話しかけようとすると、すごい警戒されて。多分、ルカを守れるのは自分だけだって思ったんだろうな。ティモは頭も良いし、良い騎士になると思うんだ」

「騎士に必要なのは貴族の子弟かそれに準ずるという経歴だ。話を聞く限り、ティモは優秀なようだしヴェルトあたりに推薦状を書かせるか、他の貴族と養子縁組するという方法もある」

「うん、それは俺も考えた。でも、それだといつまで経ってもウェスタリア軍は変わらない」

スープを口にしていたリーンハルトが、形の良い片眉（かたまゆ）を上げる。

「イスファリアとの戦争でエリアスが犠牲になったのは、貴族たちの政争が軍にまで及んだことがきっかけだった。国のために命を懸けて戦うのは騎士にとって名誉なことで、特権だ。軍の規模が、騎士団が小さいうちはそれでもよかった。でも、これからの戦争にはそれでは対応できない。十年前の戦争は、それを知るきっかけにもなった。それに、国のために戦おうという志のある者たちを、身分で切り捨てるのは勿体ない。だから、どうか騎士になるための門戸を開放して欲しい」

考え込んでいるのだろう。黙々と食事を続けるリーンハルトを櫂斗はじっと見つめた。そして、目の前の皿をきれいに平らげると、リーンハルトはようやくその口を開いた。

「今すぐに、というのは難しいが。来年には、どんな身分の者も騎士になれる権利を与えようと思う」

「あ、ありがとうございます！」

「……だから、これ以上お前が軍に関わる必要はない」

続けられた言葉に、落胆する。

「条件は呑んでやるから、言うことを聞けってこと？」

「そんなことは言っていない。だが、俺はもうお前に軍に関わって欲しくない」

「軍の仕事をするっていっても、別に騎士として戦場に行きたいなんて言ってるわけじゃない。やるのはむしろ、裏方の仕事で……」

「だから、それを必要ないと言っている！　生まれ変わったお前には幸せになって欲しいと思ったんだ。飢えや戦いとは無縁の、安全な生活を送って欲しいと。そのためにお前をこの世界に招いた。それなのに、どうして今更軍に関わろうとする！」

「はあ？　何それ。俺はなんの意志も持たずに、ただ城の中で守られてればいいって、そういうこと？」

「それの何が悪い！」

「悪いに決まってるだろ！　俺の幸せを、勝手に決めないでよ！」

まずい。また感情的になってしまった。少し落ち着こうと、目の前にあるグラスを取って水を飲み干す。

燿斗の言葉に、リーンハルトの顔が苦渋に歪む。

「……俺はもう、大切な人間を二度と失くしたくない」

そして、ぽつりと呟いた。

大切な人間、というのは燿斗のことだろう。面と向かって言われた言葉に、面映ゆさと嬉しさを感じる。

って、何を嬉しがってんだよ。俺が、エリアスの生まれ変わりなんだから当たり前だろ。感じた喜びを隠し、もう一度リーンハルトに向き直る。

大丈夫、先ほどよりはだいぶ落ち着いている。

「リーンハルト様の気持ちはわかるよ。エリアスのことを悔やんでいるからこそ、俺には危険な目にあって欲しくないって気持ちも。だけどそれでも、俺は自分の生き方は、俺自身で選びたい」

　燿斗の声は自分でも思った以上に穏やかで、とげとげしさはなくなっていた。

「アデルさんから、聞いたんだ」

　昼に聞いたこと、考えたことを、ゆっくりと、丁寧に説明していく。

　エリアスが戦場で、降伏した敵兵士の治療を行っていたこと。それが、イスファリアとの国交回復にも繋がったこと。捕虜となった兵士が、飢えや暴力にさらされることがないよう、国際法が作られようとしていること。

　けれど説明の途中、珍しくリーンハルトが言葉を遮ってきた。

「待て、お前に知識があるのはわかったが……今世でもお前は、騎士として生きていたのか？」

　似たような質問、アデルさんからもされたな。

「いや、俺のいた世界にも騎士はいたけど、俺の国に騎士はいなかったから」

「そうか」

　リーンハルトがホッとしたような顔をする。

「悪い。少し、気になってしまったんだ。お前が、誰か他の主に仕えていたんじゃないかと」

そして決まりが悪そうに言った。

今のような軍が成立する以前、騎士は国ではなく主に仕えるものとされていた。

それはつまり、自分以外の誰かに仕えていて欲しくなかったってこと？

口に出そうとして、やめておく。

嫉妬めいた思いを、リーンハルトが持つとは思いもしなかった。

こそばゆい気持ちになったのはほんの一瞬で、すぐに頭の中は冷静になっていく。

まあ、エリアスには自分だけに仕えて欲しいって、そう思ってたんだろうな。

「違うよ。それにしても、珍しいな。リーンハルト様が、俺がいた世界のことを聞いてくるなんて」

この世界に来てから、リーンハルトとは何度も話す機会があったし、最近は頻繁に話をしているが、以前にいた世界のことを聞かれたことはなかった。

「それは……もう一つの世界の話をして、思い出したらお前が辛い思いをするんじゃないかと思って」

「え？」

「生まれ変わった世界では、幸せに暮らしていたんだろう？　それなのに、俺がこちらの世界に連れてきてしまった」

そういえば、そんなことを言ったっけ。

この世界に来たばかりの頃、半年以上前に言ったことだというのに、覚えているリーンハルトに感心する。

「ごめん、気にしてくれてたんだ。あの時はああ言ったけど……別に不幸だったわけじゃないけど、幸せでもなかったんだ」

「そう、だったのか？」

「うん。俺がいた世界は平和で、機械も発達していて、戦争はないわけじゃなかったけど、それも遠い異国の出来事だった。とにかく便利で快適で、人と関わらなくても、普通に生活することだってできた」

「それは……この世界に来て、不自由に思っただろうな」

「最初はね、やっぱりそう思った。だけど、だからこそ人は一人じゃ生きていけないんだって実感もできた。前の世界では、それこそ欲しいものがあったら指先一つですぐに家の前にだって届いたんだけど。でも、本当はそうじゃないんだよな。その商品を作った人がいて、運んでくれる人がいるから、俺はそれを手にすることができる。理論的にはわかっていても、多分日頃は意識してなかった」

リーンハルトは、黙って櫂斗の話を聞いていた。

「俺さ、エリアスのことがずっとかわいそうだって思ってた。あなたやウェスタリアのためにあんなに一生懸命戦ったのに、結果的にあんなふうに死ぬことになって。最期の瞬間まで、エリアスは誇り高く生きていたけれど、どうしてあんなふうに強くいられたのかもわからなかった。でも、最近少しだけわかってきたんだ。エリアスが強かったのは、自分のためじゃなく、守りたいもののために戦っていたから。だから俺も、自分ができることをやりたいって、そう思った」

誰かのために何かをすることは、利用され、搾取されることだと思っていた。

勿論、自ら望まぬことを強制的にさせられるのは、搾取に他ならないのだと思う。

だけど、櫂斗の場合はそうじゃない。

エリアスの死を、ただの悲劇にはしたくない。

何よりエリアスの死から、ずっと孤独を抱え、それでも王として生きてきたリーンハルトのことを、支えたいと思った。

「だからもう一度、俺にこの国のために働かせてください」

改めて、もう一度リーンハルトに伝える。

侍女によって皿が全て下げられ、ティーカップと菓子が運ばれてきても、リーンハルトは何も言葉を発さなかった。

宝石みたいにきれいなチョコレートは、櫂斗が喜んだからか、自分がいる時には頻繁に出してくれる。

考えているということは、櫂斗の考えを受け入れようとしているということだ。

元々リーンハルトは意志が強く、一度決めたことはなかなか曲げない。それでも、他人の意見を聞き入れる柔軟性は持っている。

ティーカップから湯気が出なくなった頃、リーンハルトが絞り出すような声で言った。

「軍の仕事とはいっても、あくまで軍内部で人事や法律……付随する事務仕事を行うこと。……戦場には、絶対に出さない。それでもいいか？」

「はい！」

よかった、わかってくれた……。心の中で、ガッツポーズをする。

「ありがとう、リーンハルト様。だけど、戦場にはそもそも行く必要はないよね？」

櫂斗がそう言えば、リーンハルトが怪訝そうな顔をした。

「だって戦争はもう終わったんだ。勿論、未来永劫それがなくなるっていうのは難しいとは思うけど。それでも、リーンハルト様が王であるうちは、ウェスタリアが戦争をすることはない。俺はそう信じてる」

「ああ、勿論。俺の治世の間は、二度とウェスタリアは戦争を起こさない。お前に誓う」

リーンハルトの言葉に、櫂斗は深く頷く。

自分の口から自然と出た言葉に、櫂斗は驚いた。

こんなふうに、誰かを信じられる日が来るとは思わなかった。

もう二度と会えない、自分を友と言ってくれた友人の言葉を思い出す。

『もうちょっと、人を信じてみてよ。カイトが信じないと、相手も信じてくれないよ』

ハンス、俺、人を信じることができたよ。

◇◇◇

当たり前だけど、同じ服を着ると、ますますエリアスに似てくるな……。

鏡台の前、かつてエリアスが着ていた騎士の正装を纏（まと）った自分自身を、櫂斗はまじまじと見つめる。

黒を基調にしながらも、きれいな刺繍（ししゅう）の入った軍服は品があり、自分でもなかなか似合っていると思う。

髪、少し切った方がいいかな。

そういえば、半年以上伸ばしっぱなしだった。エリアスほどの長さはないとはいえ、以前の短髪よりはだいぶ長い。

まさかこの年齢で将官になるとは。

アデルほど多くはないとはいえ、徽章（きしょう）がついた軍服を見ながら、人知れずため息をつく。

あくまで内部の仕事を行うとはいえ、発言権を得るためにはそれなりの地位が必要だ。

それでも、ここまでの権限を望んだわけではなかったのだが、リーンハルトが一存で全て決めてしまった。

中途半端な地位に置き、軍内部の権力争いに巻き込まれないよう気遣ってくれたのだろう。

ただエリアスもそうだったが、燿斗自身も軍でトップの地位を得ようだなんて思っていない。

多分俺が望めば、リーンハルトは将軍にだってしてくれるだろうな……。

今回の軍属になる話はさすがに一筋縄ではいかなかったが、それでもリーンハルトは燿斗が望むことは全て叶えようとしてくれる。

それを嬉しく思いながらも、最近は少し複雑でもあった。

リーンハルトが燿斗を大切にしてくれているのは、あくまで燿斗がエリアスの生まれ変わりだからだ。

そもそも、エリアスの生まれ変わりでなければこの世界に召喚されることだってなかった。そんなことはとうに承知だ。

だけど、時々思ってしまう。

もしかしたら、リーンハルトは燿斗自身を大切に想ってくれているのではないかと。

勘違いしちゃダメなのは、わかってるんだけど……。

「カイト様、陛下がいらっしゃっております」

背後からサーシャの声が聞こえ、慌てて振り返る。

まずい。ずっと鏡の前で考え込んでたし、もしかしたらナルシストだって思われたかも……。

「あ、はい！　入ってもらってください」

上擦ったような声で言えば、サーシャが小さく笑った。

大丈夫、おかしいところはないはず。

緊張しながら、燿斗はリーンハルトの入室を待った。


燿斗の姿を見たリーンハルトが、息を呑んだのがわかった。整った表情こそ崩していないものの、身体が凍りついたように固まったからだ。

そのせいか、燿斗の緊張は全てなくなっていた。

「似合う？」

なんとなくこの雰囲気を壊したくて、笑ってそう言う。ハッとしたリーンハルトが、ゆっくりと頷いた。

「ああ、よく似合ってる」

「徽章の数、さすがに多すぎない？」

「誰も文句は言わないだろうし、言わせない。だが、よかったのか？」

「何が？」

「エリアスの子という素性にしてしまって」

いくらリーンハルトの後ろ盾があるとはいえ、身元のはっきりしない者を軍に入れるわけにはいかない。

そのため櫂斗の出自は、リーンハルトに保護されていたエリアスの子息ということにした。

「本当のことを話しても、エリアスがこの世界に生まれ変わってるとしたらまだ十歳くらいのはずだし、かえって怪しまれるだけだと思うんだよね。だけど、この外見で無関係ですっていうのは無理があると思うし」

軍内部ならば、エリアスの顔を知っている人間はたくさんいる。それこそ、最初この世界に来た櫂斗のことを発見した警備隊長のように。

「確かにカイトはきれいな顔をしているし、最初はエリアスに生き写しだと思ったが、よく見れば雰囲気は随分違うんだけどな。……なんだ？」

「な、なんでもない」

こそばゆくて、思わず視線を逸らしてしまった。

外見の美しさなんて、これまで何度も褒められてきた。だけど、その相手がリーンハルトだというだけで、動揺してしまう。

いつまでもそうしているのは不自然だろうと、リーンハルトに視線を戻そうとすれば、ちょうど目が合った。

そして、さり気なくリーンハルトの腕が伸びてきて、櫂斗の髪にそっと触れた。

「随分長くなったな」

「伸ばすか切るか、迷ってて。どっちがいいと思う？」

やはり、エリアスと同じように伸ばして欲しいと思うんだろうか。

「お前の好きにすればいいと思うが……短い方がいいんじゃないか？」

「そう？」

「カイトの目は印象的だから、それが見えた方がいい」

「じゃあ、そうしようかな」

櫂斗がそう言えば、後で理髪師を部屋に呼んでくれるという。

なんか、すごい世界だよな……。

ありがたいとは思うが、ごく普通の一般人として生まれた櫂斗はやはり恐縮してしまう。

「あれ？　それを言うためにわざわざ？」

リーンハルトがこの時間に櫂斗の部屋を訪問する予定はなかったはずだ。

そんなに髪が長いのが気になっていたのだろうか。

「いや、そうではなくて……」

櫂斗に言われ、こちらに来た理由を思い出したのか、リーンハルトが珍しく緊張した面持ちになる。

「これを、渡しに来た」

居丈高な言葉とは裏腹に、ぎこちなくリーンハルトは紙を差し出した。

『お前を、我が国の騎士として認定する』

受け取った王家の紋章が入った羊皮紙には、ウェスタリア語でそう書かれていた。

士官学校を卒業する際に王から授与される、騎士の認定書だった。

そういえば、エリアスもこれもらったな。リーンハルトからじゃなくて、前の国王からだけど。

当時はまだリーンハルトは王太子で、エリアスが大切そうに持っている認定書を不思議そうに見ていた。

「別に、これを渡したからといってお前を騎士にしようと思ってるわけじゃない」

何も言わずに櫂斗が認定書を見つめていると、リーンハルトが強張った声で言った。

士官と認定されていなければ、軍内部の仕事はできない。そのための措置だということなのだろう。

そりゃあ、そうだよな。リーンハルトにとっての騎士は、エリアスだけだし。

わかっていたことだが、いざそれを言葉にされると気持ちが沈む。被害妄想かもしれないが、お前ではエリアスの代わりは務まらないと、そう言われた気がした。

「わかってるよ。士官学校も出てないのに認定してもらうの、なんか申し訳ないけど」

「別に、必要ないだろう。お前は騎士としての知識も技能も十分あるんだし」

さらりとリーンハルトが言った言葉に、認定書に目を落としていた櫂斗は思わず顔を上げる。

「なんだ?」

「なんでもない」

こういうこと、自然と言うのはずるい……。

誰かに認められたいと、今まで思ったことはなかった。

元々要領がよかったこともあり、いつの間にかみな櫂斗のことを認めていたというのもあるのだろう。

だけど今は、騎士としてリーンハルトに認めてもらいたいと、そう思っている。

エリアスの代わりにはなれないかもしれないけど、俺にできることを精いっぱいする。

そう密かに決意した。

軍内部で櫂斗が与えられた権限は、とにかく大きかった。

櫂斗よりも地位の高い人間がほとんどおらず、いたとしてもみな騎士団を率いているため、多忙だということもあるのだろう。

当初はこの国の英雄であるエリアスそっくりの櫂斗に対し、みな戸惑いの視線を向けていた。

エリアスに子がいたというのは初耳であろうし、いくらエリアスの子とはいえあまりにも特別扱いが過ぎる、と思った者も多かったはずだ。

けれど、おそらくヴェルトやアデルが周囲を取りなしてくれたのだろう。櫂斗は自分でも驚くほど、すぐに軍に馴染むことができた。

それでも、国王の推薦とはいえ、経歴もあやふやな櫂斗に高い地位と要職が与えられていることに思うところがあった者もいるはずだ。

しかしそういったわだかまりも、仕事を続けるうちにじょじょになくなっていった。

軍隊は階級社会であると同時に、実力社会でもある。

元々近現代の知識を持っている櫂斗にとって軍内部の効率化を進めることは容易いことだった。

法律に関しても、元々こちらの世界の法律はエリアスのおかげである程度は頭の中にあったため問題なかった。

櫂斗の仕事ぶりに周りの者たちは驚き、三カ月が経つ頃にはその名は軍隊内に知られるようになった。

そして、多くの仕事ができるようになったということは、軍の機密に触れることができるということでもあった。


早足で、ずんずんと歩けば、侍女や文官たちからの視線をちらちらと感じた。

本当は走り出したいくらいなのだが、自分の所作を周りから見られていることはよくわかっている。

軍の人間からは櫂斗の存在は受け入れられたが、他の有力貴族たちはそう都合よくはいかない。

たとえばダリントン公。ルカの件で櫂斗のことを密かに恨んでいるせいか、櫂斗に対して何かしら嫌味を言ってくる。

曰く、戦争は終わったというのに、軍は金を使いすぎではないか。

軍費を増やせば、周辺国に軍拡の意志があると疑われる、とまるでどちらの国の人間かわからないような物言いだ。

笑顔で、悪気ないようにそう言ったダリントン公の瞳は笑っておらず、やはりこの男が黒幕かと密かに思った。

全て櫂斗自身が殊更丁寧に、わかりやすく説明という名の論破をして黙らせたが、顔を真っ赤にしたダリントン公からますます恨まれたことは言うまでもない。

後で聞いた話だが、ダリントン公は自身の娘をリーンハルトの妃にと長い間進言していたのだという。

そうなった日には、ルカの存在は厭わしくなる。

無害そうな顔をして、とんだ狸じじいだ……！

ただそれをリーンハルトに伝えるのにはまだ抵抗があった。

おそらくリーンハルトもダリントン公から距離をあけていることからも、なんとなく疑惑を持っていることはわかる。

ただ、よほど周到なのか、しっぽをなかなか出そうとしない。

怒りに感情を支配されてはいけない、常に冷静であらなければ。そう思いながらも、今の自分はおそらくひどく感情的になっている。

最近の自分は、感情を持て余している。それは燿斗が一番自覚していた。

これまで人と密接な付き合いをしてこなかったからだろう。

関係性が強くならなければ、相手に対して情を感じることもないし、自分自身の感情をセーブできる。

愛情深いエリアスが、たくさんの人に情をかけているのを見てきただけに、自分はそうなりたくないと思った。

外見は同じでも、性格は全く違う。そう思っていたのに。

近頃、つくづく思う。やはり、自分はエリアスの生まれ変わりなのだと。

リーンハルトの執務室の前まで来ると、櫂斗の顔を見た衛兵が、すぐさま扉を開けようとする。

「待ってください、一応、陛下に確認を」

頷いた衛兵が扉を開き、中にいる従者を呼ぶ。

櫂斗ならば大丈夫だと思われているのだろうが、なあなあにしてはいけないところだと思っている。

今の櫂斗の立場は、あくまでリーンハルトの臣下なのだ。

とはいえ、櫂斗の名前を出せばすぐに入室できると思ったのだが、意外にも少しだけ待たされた。

そして、ようやく中に入れると思った時、ちょうど執務室から一人の人間が出てくるのがわかった。

誰だろう。リーンハルトは滅多に自分の執務室に人を呼ばないのに。

そう思いながらぼんやりと見つめていると、部屋から出てきたのが一人の女性だということがわかる。

華やかな水色のドレスを纏った令嬢の顔には、見覚えがあった。

ダリントン公の末の娘であるアデリーナだ。

耀斗の存在に気づくと、不敵な笑みを浮かべ、目礼をされた。

気づいた耀斗も、すぐさま同じように目礼する。

え？　なんか鼻で笑われた？　なんてことはないか……。

ダリントン公の娘という先入観を持ってはいけないと思いつつ、耀斗に送られた意味深な視線は少し引っかかった。

そもそも、どうしてアデリーナはリーンハルトの執務室を訪れたのだろう。

「カイト様？」

衛兵に呼ばれ、ハッとする。

「ありがとうございます、入室します」

もやもやとした思いをかかえたまま、耀斗はリーンハルトの執務室の中に入った。

「何か急を要する事態でもあったか？」

机の前まで足を進めると、リーンハルトから問われる。

なんとなくその言い方が癪に障り、緊急の用事じゃなきゃ来らゃいけないのかよ、と内心毒づき、すぐにそれはそうだと自身に突っ込みを入れる。

国王であるリーンハルトは多忙な立場で、当然だが謁見する際には事前に伺いをたてている。

特別扱いはしないで欲しいと言っておきながら、いつの間にか自分は特別な存在だと無意識に思っていることを自嘲する。

「はい……ところで、先ほどの女性はアデリーナ嬢ですよね？　ダリントン公の娘の」

「ああ、そうだ」

動揺することなくリーンハルトは答えた。王の執務室だ。別にやましいことはしていないのだろうが、その言い方が引っかかった。

いや、別にやましいことをしていたとしても俺には関係ないんだけど。

そう思ってはいるものの、頭の中には次々にリーンハルトへの詰問が思い浮かぶ。

「ダリントン公とは、意図的に距離をあけていらっしゃると思っておりましたが。アデリーナ嬢と懇意にしているのが周囲に知られれば、あらぬ誤解される可能性もあるかと」

「誤解？　なんの？」

「たとえば、リーンハルト様が妃としてアデリーナ嬢を迎え入れようとしている、とか」

実際、ダリントン公はルカの一件があるまでは周囲にも、そしてリーンハルト自身にも遠回しにプレッシャーをかけていたという。

来年には三十になるリーンハルトがいつまでも独り身でいるのは、政情不安を招く可能性があると。

「別にそれならそれで構わない、かえって周囲が静かになっていい」

「は？　結婚するの？」

　反射的に出てしまった言葉に、咄嗟に口に手を当てる。リーンハルトも驚いたようにこちらを見ている。耀斗は慌てて佇まいを正し、咳払いをする。

「失礼しました。リーンハルト様は、アデリーナ嬢との結婚を考えていらっしゃる、ということですか？」

「そうじゃなくて、周囲がそう思ってくれているなら都合がよい、という意味だ。ここ数年は特に、周りが縁談の話を次から次に持ってくるからな」

　ウェスタリアは歴史のある国だが、大陸を統べる大きな国、というわけではない。

　ただ、かつては大帝国を築いていたイスファリアに戦勝したことにより、ウェスタリアと繋がりを強くしたいと思っている国は多い。

「確かに、世継ぎがいないことは王位継承問題にも関わります。リーンハルト様は、結婚は考えていらっしゃらないんですか？」

「ああ。周囲にはいずれ伝えようと思うが、俺は生涯独身を貫くことになるだろうな」

「……どうして、ですか？」

「俺が愛する者は、結婚を望んではいけない相手だからだ」

　耀斗は目の前が真っ白になるのを感じた。

リーンハルトが深く愛しながらも、結婚を望めない相手。その相手のことを、燿斗は誰よりもよく知っている。

そんなのわかっていたことなのに、なんで今更ショックを受けているんだろう。

「ところで……それを聞くためにここに来たのか？」

リーンハルトの言葉に、呆然としていた燿斗は我に返る。

「違います、余計なことを聞いてしまってすみません」

どことなく棘がある言い方だな。そう思いながら、言葉を続ける。

「イスファリアとの間で結ばれた、停戦条約の条件を見せてもらいました」

「ああ、何か問題でも？」

「大ありですよ……イスファリアはウェスタリアに対して多額の賠償金を支払うことが明記されています。しかも、この十年の間、ずっと」

「それの何が問題なんだ？」

なんでもないことのように答えるリーンハルトに、燿斗は苛立つ。

「ウェスタリアの勝利に終わったとはいえ、イスファリアには、まだ戦争を続ける余裕だってありました。それでも、これ以上戦を長引かせてはいけないと、イスファリア側が考えたから停戦に結びついたんです。勿論そういった状況に追い込んだウェスタリアの手腕ですが」

戦力差がある相手、勝ち目のない相手に対して戦争を起こそうと思う国は滅多にいない。大帝国だったイスファリアがウェスタリアに侵攻したのも、ウェスタリアの戦力を見誤っていたからだ。

そういったイスファリアの認識を、ウェスタリアは覆した。

「勿論わかっている。そのための賠償金だ。イスファリアが、二度とウェスタリアに牙をむくことがないよう……」

「だから、その認識自体が問題なんです！」

声を大きくする櫂斗に、リーンハルトが眉を顰める。

「そもそも、この戦争の原因は飢饉によりイスファリアが食糧不足に陥ったことに端を発してる。イスファリアは周辺国に何度も救援を求めたが、どの国もそれに応じなかった」

「大帝国を築いていたかつてのイスファリアが、周辺国に対し行っていた蛮行を考えれば、それも致し方ない。周辺国をその圧倒的な軍事力で従わせていた報いだ」

「周辺国の心情はわかります。だけど、結果的に孤立したイスファリアはコツウェルへ侵攻を開始した。当時のウェスタリアの判断を否定するつもりはないけれど、あの時もう少しウェスタリアが支援物資を出せていたら、結果は変わってたんじゃないかと、そう思うんです」

「だから、もうそれができぬよう軍事力を削ぐ、それが賠償金の目的だ。それに、食糧支援に関しては戦後すぐに行った」

「確かにウェスタリアにとってイスファリアは敵国でした。だけど、イスファリア人はかつて大帝国を築きました。自国への愛情も誇りも持っています。敗戦でただでさえその誇りを傷つけ、さらに賠償金まで請求し続けるのはやりすぎだと思います。負け戦だとわかっていても、イスファリアが再度侵攻する可能性を増やしてるだけです」

「そんなもの、自業自得だ。あの戦争で、ウェスタリアがどれだけ損害を受けたかお前だってわかっているだろう？　……多くの者が大事な人を亡くした」

「それはイスファリアだって同じです。最終的な戦死者の数ははるかにイスファリアの方が多い。自分の大切な人を亡くしたからといって、その復讐を国同士の関係に持ち込んじゃダメだ」

櫂斗の言葉に、リーンハルトの表情が目に見えて歪む。

やっぱり……。

リーンハルトが説明したように、戦後賠償にはイスファリアの国力を削るという大義名分は勿論ある。けれど、それ以上にリーンハルトの中にあるのは、イスファリアへの憎悪と、復讐心だろう。

リーンハルトの、エリアスを亡くした戦争を引き起こしたイスファリアへの怒りのすさまじさはヴェルトからも聞いていた。

当初は皇帝の退位と皇家の廃止も条件に入れようとしていたという。それに比べれば賠償金の支払いなど、些末なものかもしれない。

幸い、肥料の改良もあってあれ以来大きな飢饉も起こっていないし、それを支払うだけの国力はイスファリアにもある。

けれど心情的には、イスファリア側はこれ以上ないほどの屈辱を味わっているだろう。

思考を巡らせているうちに、頭の中が冷静になってくる。

「リーンハルト様が、エリアスを殺したイスファリアを許せない気持ちはわかります。許さなくていいとも思います。だけど、戦争が終わった今、両国間の軋轢（あつれき）を生む材料は、増やさない方がいい。どうか、考えを改めてくださるよう、進言します」

リーンハルトは、反対も賛成もしなかった。ただ、表情を強張らせ、何かを考えているようだった。

「お伝えしたかったのはそれだけです。失礼します」

意見はしたが、結論を出すのはリーンハルトだ。

高い地位を得ているとはいえ、一士官である櫂斗にできることには限界がある。

そのまま退室し、自身の執務室へ続く廊下を歩く。

以前の、この世界に来る前までの自分ならば、賠償金に関してはリーンハルトのエリアスへの想いの強さを感じ、喜んだはずだ。

勿論、二国間の関係を考えればよくはないが、それほどまでにリーンハルトはエリアスを想っているのだと、そう思えた。

今だって、決して嬉しくないわけではない。リーンハルトには、エリアスのことを忘れて欲しくないとも思う。

ただ少しだけ、リーンハルトにとってエリアスの存在の大きさに、胸が苦しくなった。

死んだ人を、超えられるわけがないよな……。

結婚だって、エリアスのためにしないとまで言っているのだ。

まあ、落ち込んでたって仕方ないか。

櫂斗は櫂斗で、できることをやるしかない。気を取り直し、歩く足を速めた。

6

城の中で仕事を行っているとはいえ、少しずつ糴斗の噂は外へ広がっていた。

リーンハルトが主催する重要な会議の場には必ず呼ばれていたし、積極的に意見を出していることもあるのだろう。

曰く、あのウェスタリアの英雄、エリアスの子が軍で活躍している。父親の才覚を引き継ぐ人物、だと。

そのため、ぜひ視察や慰問をと願い出る部隊もいくつも出てきた。

ただリーンハルトの反対もあり、糴斗はそれらの要請を全て断っていた。

糴斗としては、現場を見ることへの興味はあった。

ただ、なるべくなら自分の目の届く場所にいて欲しいというリーンハルトの心境もわかるため、それを慮った。

けれどその日の朝、アデルから報告された視察の要請に対しては、聞き捨てることができなかった。

「コツウェルへの、式典参加の要請？」

耀斗が羊皮紙を受け取れば、アデルが慎重な表情で頷いた。

「はい。エリアス様へのご子息であるカイト様に、ぜひ今のコツウェルを見ていただきたいと、そう仰っています」

かつてはイスファリアの一地域であったコツウェルは、今から五十年ほど前に独立を果たした自治領だ。

国力が低下するイスファリアに対し、コツウェルが分離・独立を求めたのだ。

ウェスタリアとイスファリアのちょうど中間に位置し、豊かな土壌を持つ穀倉地帯であり、十年前の戦争はイスファリアのコツウェル侵攻から始まった。

当時エリアスはコツウェルの領主の離宮を要塞化し、絶対防衛ラインに定めた。

つまりコツウェルは、エリアスにとっては因縁の地でもあった。

「……リーンハルト様は、反対されると思いますか？」

「はい、おそらく。ですが……」

アデルが口ごもり、もの言いたげな顔をする。なんとなく、アデルの言いたいことはわかった。ただ、それを口にするのは憚（はばか）られるのだろう。

「当時ウェスタリアに援軍を要請したのはコツウェルの領主とはいえ、戦場となったコツウェルの地には、多くの血が流れました。ウェスタリアが派兵を決定したのはコツウェルを守るためですが、コツウェルが取られた際に出るウェスタリアへの損害を考えてのことです。コツウェルでイスファリアを迎え撃てたからこそ、ウェスタリアは自国を戦場にせずにすみました。犠牲者を弔うためにも、訪問できればと思っています」

アデルも同じことを考えていたのだろう。櫂斗の言葉にアデルの顔がパッと明るくなった。

「はい！　私もそう思います！」

けれどそれは一瞬のことで、すぐに厳しい表情になる。

「しかし……陛下を説得できるかどうか……」

「私からも頼んでみます。エリアスにとって、コツウェルの民はともに戦った仲間でもあります。リーンハルト様も、わかってくださるといいのですが」

幸い、今日はリーンハルトから夕食の誘いを受けていた。

その時に話してみよう。

「コツウェルに向かう際は、ぜひ私を供に……と言いたいところですが、馬に乗れない私では難しいですね」

アデルが気落ちした声を出す。

「お気持ちだけ頂きます。エリアスは、アデルさんのような部下がいて幸せだったと思いますよ」

生まれ変わった自分にまで、ここまで熱心に仕えてくれているのだ。櫂斗にとって、事情を知るアデルの存在はありがたかった。

けれどそれを言うと、アデルは少し困ったような顔をした。

「勿論、エリアス様は私にとってかけがえのない方で、仕えることができて幸せでした。だけど、カイト様に仕えるのもとても楽しいですし、幸せですよ」

「え？　すみません、そんなつもりで言ったんじゃ……」

気を使わせてしまっただろうか。

「エリアス様は穏やかで優しい方でしたが、どこか近よりがたい印象を持たれやすかったんです。カイト様の方が、人間くさいんですよね。他の者たちもみな、カイト様のことを慕っておりますよ。まあ、少し危なっかしいところはありますが……」

「ありがとうございます、気をつけます」

嬉しさと驚きと恥ずかしさが綯い交ぜになって、妙に早口になってしまった。

常に冷静でありたい、と思いながらも元々の情の強さもあって時折片鱗が出てしまう。元の世界にいた頃に比べて、他人との間に壁を作らないようにしているのもあるだろう。まあそもそも、エリアスみたいな腹芸はできないんだよな……俺、元々は現代の庶民だし。

貴族相手にそれをやっていたエリアスのすごさを、同じ立場になって初めて実感する。あからさまにエリアスと比べてくる人間もいるが、それに対する嫉妬心だって起きない。

だって彼のすごさは、燿斗自身が一番知っている。

むしろ、エリアスのことをみんなが覚えていることが嬉しいくらいだ。

エリアスより自分の方が認められたいとも思わない。たとえ魂は同じでも、燿斗とエリアスは別の人間だから。

それなのに、時折思ってしまう。

リーンハルトには、エリアスではなく自分のことを見て欲しいと。


燿斗が住んでいた世界の近世ヨーロッパと同じように、この世界の食事は昼食が一番ボリュームがある。

ガーデンパーティーや、客を招いての昼の食事をとることが多いからだろう。

ただ、最近は昼と同じくらい夕食もしっかりした食事をとる貴族が多くなっているという。

そういった話を、最近まで燿斗は知らなかった。リーンハルトととる夕食が、いつも豪華だったからだ。

「あ、よかった……今日はそんなに多くない」

夕食の席についた燿斗は、シェフが用意した小さな紙を手にして思わず呟く。

これが他の来賓を招いている場合は料理長が直接説明に来るのだが、今日は燿斗と二人きりであるため、リーンハルトが不要だと伝えたのだろう。

「前回の夕食の時、量を半分にしてくれなければ二度と二人で食事はとらない、とまで言われてしまったからな」

「いや、そこまでは言ってないよね？　リーンハルト様は俺を肥えさせて城から出られないようにするつもりなの？　とは言ったけど」

その流れで、二人でこの量は勿体ないから次にこの量を出すなら他に誰かを呼ぼうとは言った。

「残念ながら、全く太ってはいないようだし、城から出たくてたまらないようだけどな」

顔を合わせた時からあまり機嫌がよくないとは思っていたが、やはり既にコツウェルの件が伝わっているようだ。

「アデルさんから、聞いたんだ？」

「ああ、あの大きな身体をこれ以上ないほど小さくして、頭を下げられた」

「アデルさんらしい」

大柄な身体に強面なアデルだが、気持ちは優しく繊細だった。

「コツウェルにはいくつもの町があって、その多くが戦火に巻き込まれた。避難を誘導したけどそれでも間に合わなくて……武器を持ったこともない、ただ毎日平和に暮らしていた人たちが、たくさん亡くなった。男はみな戦場に出てるから、殺されたのは女や子供だった。アデルさん、部下の前では涙一つ流さず気丈に振る舞ってたけど。夜、一人で泣いてるのを何度も見た」

アデルには五人の子供がいて、休日はいつも家族と一緒に過ごしている愛妻家で、子煩悩な男だった。

自分の子と年の変わらない子供の遺体を抱きしめている姿は、ひどく悲しげだった。

侍女が並べていく皿を眺めながら、櫂斗は言葉を続ける。

「本当は、アデルさんが一番コツウェルに行きたいんだと思う。エリアスが死んだ後は、あの地を守る責務を負ったのはアデルさんだし。今は復興してるって話だし、それも見たいんじゃないかな。勿論、俺がコツウェルに行きたいのは、式典への参加以外にも理由があるからだけど」

「どんな理由だ？」

黙って櫂斗の話を聞いていたリーンハルトが、ようやく口を開いた。

「エリアスが最後に見た景色を、この目で見たいんだ。捕虜になってからは、ずっと地下の中だったし。俺自身の気持ちに、踏ん切りをつけたいのもあるかも」

エリアスは、国やリーンハルトのためにその命を懸けた。死してなお、リーンハルトにこんなにも愛されるのも当たり前だ。

エリアスよりも、自分のことを見て、自分のことを愛して欲しい。

そんな大それた望みを持たないために、自分自身を律するためにも。

燿斗の中で、日々溢れそうになるリーンハルトへの想いを本人に知らせるわけにはいかない。

もし燿斗がリーンハルトに好意を持っていることを知れば、贖罪からそれを受け入れようとするだろう。

リーンハルトが愛しているのは、燿斗ではなくエリアスだ。同情や罪悪感でリーンハルトを縛りつけるのだけは嫌だった。

「俺は……お前にはなるべく外に、危険な場所には行って欲しくない。イスファリアとの国境沿いにあるコツウェルなんて、もってのほかだ」

「うん、わかってる」

「だが、お前を城の中に閉じ込めておけないこともわかってる。軍で、楽しそうに仕事をしているお前を見ると、特にそう思う」

全く働く必要などないというのに……とこぼすリーンハルトの言葉に、思わず笑ってしまう。

「何度も言っているが、俺は二度と大切な人間を失いたくないし、失わせない。それこそお前に何かあれば、その原因となった者を許せるとは思えない。もしイスファリアの人間だったら、今度こそイスファリアを滅ぼしかねない」

淡々と話すリーンハルトの言葉が、誇張でもなんでもないことを知っている。

耀斗のことも、リーンハルトが大事に思っているということも。

それは耀斗がエリアスの生まれ変わりだからだということはわかっていても、やっぱり嬉しい。

「待って、もう俺の治世の間は戦争は起こさないって言ってなかった？」

「それは、カイトが生きている場合の話だ。お前を俺から奪うことは、俺にとって生きる世界を奪うということでもある。どうしてそんな世界の平和を、俺が守る必要がある」

「自分勝手すぎる……！」

冗談か本気かわからないリーンハルトの言葉に、耀斗の顔が引きつる。

「だから……無事に帰ってくるんだな。さもなくば再びこの国は戦火に巻き込まれることになるぞ」

「すごい脅迫なんだけど⁉　でも、じゃあ……行っていいってこと？」

耀斗が問えば、リーンハルトは思い切り嫌そうな顔をして、けれどゆっくりと頷いた。

「護衛にはヴェルトをつける。コツウェルへの滞在日数は最小限にして、式典が終われば、すぐに帰国するように」

「はい！　ありがとうございます！」

笑顔で頷くと、リーンハルトの眉間（みけん）にできていた皺（しわ）が、僅かに薄まった。

◇◇◇

耀斗のコツウェルへの訪問は、それから一カ月後に実現した。

アデルは喜んだが、自分が帯同できないことをとても残念がった。

護衛は最小限に、けれどももしもの時を考えて軍の中でも腕の立つものが選ばれた。しかも、隊長を務めるのはヴェルトだ。

「いや、おかしいだろ？　王弟が一人の騎士の護衛につくなんて」

コツウェルに向かう馬車の中、耀斗は向かいの席に座るヴェルトに何度目になるかわからない愚痴をこぼす。

「兄上の命令なんだから仕方がないだろう」

「断ればいいじゃん……みんなびっくりしてたし」

これならば、視察に向かうのはヴェルトにして、耀斗が護衛についた方がよっぽど自然だった。

「まあそう言うな。本当は兄上自身が行きたいはずなんだ」

「うん、実はこっそりリーンハルト様が来るんじゃないかって心配してたから、ヴェルトの声を聞いて安心したよ」

城を出るまで、ヴェルトは甲冑にヘルムという兜を着用していた。

ヴェルトの顔はそれなりに知られており、王弟が訪問するとなるとコツウェルの領主も恐縮してしまうだろうという配慮からだ。

幾分リーンハルトの方が背は高いが、二人の体格はほぼ変わらないため、入れ替わったとしても周囲の者は気づかないだろう。

「確かに、それくらいのことはしてもおかしくないくらい、お前のことを案じてはいたな」

「心配してくれてるのはわかるんだけど、ちょっと過保護すぎない？」

燿斗が思っていたことを言えば、ヴェルトが小さく吹き出した。

「そりゃあ、兄上からすればお前は十も年下なわけだし」

「ええ？　もしかして子供扱いされてる？」

「さすがに子供ではないが……なんだろうな、兄上にとってのカイトは。特別で、大切な存在なのは間違いないんだが」

「そりゃあまあ、エリアスの生まれ変わりなわけだし」

「確かに、兄上は今でもエリアス殿のことも大切に想っているとは思うんだが。ただ、カイトに向けられている感情はそれとは違う気がするんだよな。気を許してるからか、表情も穏やかな気がするし……すまん、自分で言っておいてなんだが、よくわからん」

わからない、とはっきりと言い切ったヴェルトに、思わず笑ってしまう。

「いいよ。リーンハルト様にとっての俺が、辛い過去を思い出させるだけの存在じゃないのなら」

自分自身の罪を受け入れるのは、とても苦しくて大変なことだ。

わざわざ異世界に生まれた耀斗を召喚し、それと向き合おうとしたリーンハルトの心の強さに、改めて感服する。

「……兄上も変わったが、それ以上に変わったのはお前だな」

「は？」

「最初は親の仇みたいな顔で兄上を睨みつけて、絶対に許さない！　とか言ってたのに」

ヴェルトが、わざわざ声を高くして似ていない耀斗の声真似までしてくれた。

「ちょっ、それ本当に最初の頃の話だろ⁉　忘れてよ！」

気恥ずかしさから慌てて耀斗が言うと、ヴェルトが愉快そうに笑った。

耀斗だって、自分の変化には気づいている。

こんなふうにリーンハルトを、誰かのことを自分が愛することができる日が来るなんて、思いもしなかった。

まあ……叶わない想いだけど、それは仕方ないか。

ヴェルトはああ言っていたが、リーンハルトにとっての耀斗がエリアスの生まれ変わりである事実は変わらない。

エリアスがいなければ、リーンハルトにだって出会えなかったのだ。

だから、エリアスに嫉妬してはいけない。それはわかっているのだが、それでも時折胸が苦しくなる。

だからこそ、コツウェルの地に、捕虜となる前のエリアスが最後にいた場所に行き、気持ちの踏ん切りをつけたかった。


王都リューベンは国境から離れているため、コツウェルまで馬で六日ほどかかる。

途中にある宿には、全て伝達をしており、人目につかぬよう宿泊できる手はずになっている。

それらの計画も、全てリーンハルトに確認をとりながら進めた。

訓練とはいえ、現世で野営の経験もある櫂斗は野宿も提案したのだが、勿論リーンハルトに反対された。

天候にも恵まれ、予定通り六日目の夕方には櫂斗たちはコツウェルに入り、現領主であるシュルツと面会することができた。

「遠いところ、ようこそいらっしゃいました。精いっぱいおもてなしをさせていただきます」

元気そうではあったが、十年も経ったからだろう。あの頃に比べ、随分皺が増えていた。ただ、健勝ではあるようで足腰はしっかりしている。

「はい、よろしく頼みます」

頭を下げると、櫂斗の顔をまじまじと見たシュルツが驚いたような顔をする。

「何か？」

「いや、驚きました。お噂には聞いておりましたが、エリアス様と生き写しでいらっしゃるので……」

そう言いながらも、櫂斗と目が合うと、シュルツが素早く視線を逸らした。

え……？

別に無礼な態度をとられたわけではないが、少しの違和感を持った。

隣に立つヴェルトを見てみるが、いつも通りの涼し気な顔をしている。

わざわざ口に出すほどではない、小さな違和感。

「長旅でお疲れでしょう。二階に部屋を用意しておりますので、今日はゆっくりとお休みください」

隣にいたシュルツの妻に話しかけられ、慌てて頷く。

「はい、お世話になります」

俺の気のせいかな……。

そう思いながら、燿斗とヴェルト、そして護衛の兵たちは案内されるがままに二階の部屋に向かった。

燿斗のために用意されたのは、屋敷の奥まった場所にある広い部屋だった。

コツウェルの領主なら、ウェスタリアや他国からの来賓を招くこともあるだろう。想像していたよりも豪華な部屋だったこともあり、なんとなく落ち着かない。

ヴェルトに言って、かわってもらおうか。

そんなことを考えながら、湯浴みを行い、ブラウスにズボンという簡易な服装に着替えた。

カーテンの隙間から外の様子を窺っていると、ちょうど部屋の中にヴェルトが入ってきた。

「ヴェルト、無理を言って悪いけど。滞在は明後日までの予定だったが、明日に変更してもらえる？」

開口一番そう言えば、ヴェルトが訝し気な顔をした。

「なんだ、もうホームシックにでも……何かあったのか？」

最初は軽口を叩こうとしたヴェルトだが、燿斗が真剣な表情をしていることに気づいたのだろう。すぐに声を潜めた。

「何か、嫌な予感がするんだ。そもそも、式典への参加を要請しておきながら、出迎えの者の人数があまりにも少ない。俺はともかく、王弟であるお前が訪れてるというのに……」

「夜も遅い時間だし、歓迎は明日にしようと思ってるんじゃないか？」

「確かにそれもあるとは思うけど、それでもシュルツ殿と奥方だけというのはさすがに……まるで、俺たちがコツウェルに来たのを、知られたくないみたいだ」

「いや、さすがにそれは……」

「待って！」

手を伸ばし、ヴェルトの口を塞ぐ。

驚いたヴェルトが瞬きをしている間、耳を澄ます。

軍靴の足音が、微かに聞こえてくる。

「二十、三十……じゃすまないかも」

小さく呟き、ヴェルトの口から手を離すと、そのまま部屋のランタンの灯りを消す。

先ほどのカーテンの隙間からもう一度外を見れば、暗闇の中、何人もの兵たちが屋敷を取り囲んでいるのが見えた。

「どういうことだ？」

状況がわかったヴェルトが、声を潜めて聞いてくる。

「わからない、だけど多分……今回の式典の要請自体、罠だったんだろうな」

薄暗い中でも、目の前のヴェルトの表情が怒りに染まるのが見える。

「あの……恩知らずどもが……！」

ヴェルトが自身の拳を強く握りしめた。

「落ち着けヴェルト。感情的になると、冷静な判断ができなくなる」

「だが……！」

小さく吐き捨てたヴェルトが逡巡し、すぐに櫂斗の方を見る。

「俺が兵を引きつけている間に、お前はここを脱出しろ」

「無理だな。この部屋は奥まっているため、階段までの道は一つしかない。外はもう囲まれている。以前この家の間取りを見せてもらったことがあったが、地下へと続く道はあるがそれも一階の厨房までは行かなければならない。そもそも、相手の目的がわからないのに闇雲に動かない方がいい。というかそもそも、王弟殿下を置いて逃げられるわけないだろ」

自分の口で説明することで、櫂斗の頭も冷静になっていく。

「俺はお前を守ると兄上と約束したんだ！　だから……」

「お前の気持ちはわかったから！　だがここであれこれ言っていても時間がない。帯剣はしてるな？　とにかく応戦を……」

　二人がそれぞれ剣を構えたのと、勢いよく客室の扉が開けられたのは、ほぼ同時だった。

　ランタンを持った兵が、室内にいる耀斗とヴェルトの様子に怯(ひる)んだのがわかる。部屋の窓際で、強く睨みつけながら剣を向けている二人の姿が異様に映ったのだろう。

　意外なことに、兵士たちは誰も剣を抜いてはいなかった。

　予想していた通り、兵たちの軍服には竜の紋章、イスファリアの国章がついている。

……こんなことなら、入り口に待機して片っ端から切っていけばよかった。

　不穏なことを考えていると、我に返ったらしい兵の中心にいる人物が口を開いた。

「剣を下ろしてください。こちらに、戦闘の意思はありません」

　暗がりで、遠目であるため顔まではわからないが、若い男の声だった。

「これだけの兵を差し向けておいて、誰がその言葉を信じるか！」

「どちらにせよ、この人数です。ヴェルト殿の腕が立つことは知っていますが、応戦したところで多勢に無勢です。無駄に争い、カイト殿を傷つけたくないのでは？」

　ヴェルトの、そして耀斗の名前まで全て把握していることに驚く。

「目的は？」

　耀斗が端的に問えば、先ほどの男が答えた。

「カイト殿に、私どもと一緒に来ていただきたいのです。誓って、身の安全は保障しますし、必ずお返ししますので」

十年前まで戦争をしていた、未だそのしこりが残る隣国の人間の言葉だ。

はいそうですかと、易々と信じることの方が難しいだろう。

けれどそれを言われた耀斗は、なぜか相手の言葉を信じたいと思った。

それくらい、薄暗い中でもわかるくらい男の表情は真剣で、声からは誠実さが伝わったからだ。

◇◇◇

次に意識を取り戻した時、既に周囲が明るくなっているのがわかった。

注がれる光の眩しさを感じながら、うっすらと目を開ければ、目の前には優し気な、きれいな男の顔が見える。

「……大丈夫ですか？」

気づかわし気に、男が問うてきた。暗がりで見た時にも若いと思ったが、明るい場所で見るとさらに幼く見えた。まだ、少年ともいえる年齢ではないだろうか。

「俺、いつの間にか眠って……？」

まだ頭はぼんやりとしていたが、聞けば苦笑いで頷かれた。

「はい。馬車に乗ってすぐ。……長旅で、疲れていらっしゃったんだと思います」

「それならどこかで休ませてもらいたいんだけど」

同じ体勢で眠っていたからだろう。身体のあちこちが鈍い痛みを感じるし倦怠感もひどい。夜通し走っていたのがそれだけでもわかる。

起き上がると、櫂斗の身体に外套がかけられていることに気づく。確か、目の前の男が着ていたものだ。眠ってしまった櫂斗を心配してのことだろう。

「すみません、こちらも時間が限られておりまして……夜には、宿をとっておりますが、翌日はまた馬車を走らせる予定です」

「随分長い距離を走るんだな……ノエンブルクまで行くつもりか？」

「いえ、そこまでは行きません。目的地はリエンデンです」

ノエンブルクはイスファリアの首都で、ここからさらに四日はかかる。中間にあたるリエンデンであれば、二日ほどで着くだろう。

確か、リエンデンには皇帝一家の保養地があったはずだな。そこが使えるとなると、この男の身分はかなり高い。

一体、彼らの目的はなんなのか。

ヴェルトの反対を押し切り、彼らの言葉に従ったのは、櫂斗が連れてきた他の兵たちが人質に取られているというのもあるが、言葉の通り、身の安全は保障されていると思えたからだ。

圧倒的に人数はあちらの方が有利なのだ。ここで櫂斗とヴェルトを殺すことだってできただろうに、彼らにその意志はなかった。

今、目の前にいる男は、剣を構える櫂斗たちのところへ、周囲の部下たちの制止にも構わず歩いてきた。

逆に彼を人質にとろうかとも思ったが、丸腰の相手に対しそれをするのには抵抗があった。

「これを、ウェスタリア王にお渡しください」

男は頭を下げ、ヴェルトに白い封筒を渡した。

その後櫂斗を連れていく際も、人質を連行するというより客人のように手を取られ、エスコートをされるという状況だった。

そして、屋敷を出る際のシュルツの反応だ。身体を震わせながら、何度も絶対に櫂斗に危害を加えないようこの男に伝えていた。

結果的に裏切ることになってはいるものの、おそらく今回の計画が彼の本意ではないことはわかった。

封筒の中身は、イスファァリア皇帝からの親書だった。

中を確認した櫂斗は、ヴェルトにそれをリーンハルトに届けてもらうよう託した。

既に内容は確認していたし、どう対応するかもすぐに説明した。

ほんの数分でも、二人だけで話す猶予をもらえたのはありがたかった。

ヴェルトはギリギリまで櫂斗についていくと言って聞かなかったが、最後にはなんとか説得に応じてくれた。

『待ってるから、信じてるってリーンハルト様に伝えて』

櫂斗の言葉に、涙をこらえながら悔しそうにヴェルトが頷いた。

前世の、エリアスのことがあるため、この場所に櫂斗を置いていくことに抵抗があったのだろう。

だからこそ、敢えて『信じてる』という言葉を伝えた。

リーンハルトなら、おそらく櫂斗の意図をわかってくれるはずだ。

ただ、それにしても交渉だけならコツウェルでも十分だっただろうに、どうしてわざわざ危険をおかしてイスファリア領まで移動するのか。

親書の内容を見たとはいえ、いまひとつ相手の意図が読めない。

黙り込んだまま考え事をしていると、ちらちらと向かい側にいる男からの視線を感じる。

「なに?」

「あ、いえ……なんでもありません」

おかしな、それこそ性的な対象を見るような嫌な視線ではなかった。けれど、どこか好意的な眼差しだった。

「そういえばあんた、名前は？」

　相手の身分が高いことはなんとなくわかってはいるが、この状況で敬語を使う気にもなれず、ざっくらばんに聞いてみる。

「あ……エーベルハルトです。エーベルハルトと、お呼びください」

「イスファァリアの皇子か!?」

　親書の送り主が現イスファァリア皇帝、クラウスであることからなんとなく嫌な予感はしていた。

「どうして、皇位継承権第一位を持つ皇子がわざわざここに？」

　慎重に問うてみる。

「信じてもらえないかもしれませんが、私たちには本当に戦う意思はないんです。あなたに何かあれば、ウェスタリア王がどんな報復に出るかもわかっています。十年前の戦争から、まだ国力も回復しておりませんし……戦争ができる状況ではないんです」

「いや、正直すぎるだろう……自分の国が戦争ができないなんて、他国の人間に言っちゃダメだ。しかも、第一皇子が」

　燿斗がそう言えば、エーベルハルトは少し驚いたような顔をして、小さく微笑んだ。

　顔立ちは整っているが、笑うと少し幼く見える。イスファァリアの第一皇子の年齢は確か、まだ十七かそこらのはずだ。

「確かに、そうですね。だけど、この状況で助言をしてくださるカイト殿はお人よしすぎると思いますよ」

「いや別に助言をしたわけじゃ……それで、戦う意志はないっていうのに、どうしてわざわざ俺を拉致(らち)するようなことをしたんだ？　もしウェスタリアが開戦の機会を狙(ねら)ってたとしたら、これ以上ないほど絶好のきっかけを与えることになると思わない？」

エーベルハルトは話が通じそうな相手だということもあり、できるだけ慎重に、こんなことはやめた方がよいという流れに誘導しようとする。

まだ、イスファリア領には入っていないはずだ。馬鹿なことはやめろ。今なら引き返すことが、事態を収拾することができると。

「その通りです。ただ、我が国にもウェスタリアの情報は入ってきます。現ウェスタリア王、リーンハルト殿は十年前のような戦争を二度と起こしたくないと思っている。王太子時代、彼自身も戦場に立ったことがあるため、その凄惨(せいさん)さを知っているからです。勿論、あなたに何かあれば話は別でしょうが」

残念ながら、ハッタリはきかないようだ。以前よりも力はなくなったとはいえ、さすがは元ヘゲモニー国家。良い情報網を持っている。

「戦う意思がないのは両国ともに一緒だろう？　だったらどうして……」

こんなことを、と続けようとした言葉はエーベルハルトによって遮られた。

「我が国は、イスファリアは戦争ができる状況ではありません。けれど、それでも戦争を望んでいる者たちはいます。イスファリアは、十年前の戦争で多くのものを失いました、民は勿論、コツウェルも、覇権の地位も。その屈辱を、忘れられない者たちは多いんです。前回のような長期戦になれば、必ず我が国は敗れます。けれど、短期決戦なら、勝算がないわけではありません。両国の間には休戦協定が結ばれておりますし、まさかウェスタリアも突然侵攻されるとは思わないでしょう」

「つまり奇襲攻撃、電撃戦をやろうとしてたってことか……って、まだ装甲車はないから無理か」

「でんげ……なんですか？」

　ぼそりと呟いた言葉は、しっかりエーベルハルトの耳に入っていたようだ。

「いや、なんでもない。だけど、俺が拉致されたことがわかれば、ウェスタリアも黙ってはいない。奇襲にもならないんじゃないか？」

「そうです。だからあなたを拉致しました。奇襲をかけても無駄だということを、知らしめるために」

　そう言ったエーベルハルトの言葉とその瞳からは、強い意志を感じた。嘘(うそ)をついているようには、とても見えない。

「気持ちはわかるけど……こんな強引な手段に出なくても、他に交渉の余地はあったんじや？」

「ありません」

潔く、きっぱりとエーベルハルトが言った。

「あの戦争の後、我が国は無条件に降伏を受け入れたわけじゃありません。けれど、当初は数年という約束だった戦後賠償は今も続いている。数年前から停止を申し出てはいるものの、ウェスタリアは交渉の椅子にすら座ってくれません。今回の件だって、相手にされなかったでしょう」

だから、危険をおかして強引な手段に出たのだと。そう、エーベルハルトは言いたいようだった。

やっぱり……ここで賠償金が重くのしかかってきた。

ウェスタリアがイスファリアに科した戦後賠償は、イスファリアの国庫を脅かすほど大きな額ではない
しかし、これが続いている間はイスファリアは敗戦の屈辱を忘れることができない。

会話ができるとはいえ、エーベルハルトはイスファリアの皇子なのだ。易々と、祖国が不利になる情報をウェスタリアに伝えたりはしないだろう。

え？　だけど数年という約束……？

ウェスタリア側には、そんな条件はなかったはずだ。どうして、そんな行き違いが生じ

たのか。あの時イスファリアとの交渉役になっていたのは、確か……。

「カイト殿」

また考え込んでしまった櫂斗に、エーベルハルトが声をかけてくる。

「手荒な真似をしてしまったことは、申し訳ないと思っています。けれど、私たちにこれ以上手段はなかった。そしてあなたのことは、必ずお守りします。この命に代えても」

優し気な風貌のエーベルハルトから感じる強い気迫に、さすがの櫂斗も怯む。

身の安全を保障してもらえるのはありがたい。けれど、どうして相手国、かっての敵国の皇子がこうまでして自分を守ろうとするのか。

「わかった……信じるよ」

というか、信じる以外の手段がないんだけど。

内心そう思いながら櫂斗がそう言えば、なぜかエーベルハルトはホッとしたような顔をした。

櫂斗以上に緊張していたその表情が、ようやくほんの一瞬緩んだ。その表情に、櫂斗の目が大きく見開いた。

昔、どこかで、会ったことがある……？

そんな考えが思い浮かんだが、すぐに打ち消された。

エリアスはイスファリアに連れていかれたとはいえ、当時まだエーベルハルトは十にも満たない少年だったはずだ。
捕虜だったエリアスが、会ったことがあるはずがない。
それがわかっていても、彼に対して感じた既視感はうっすらと櫂斗の中に残った。

7

早急に馬を走らせたからだろう。エーベルハルトが話していたように、二日後の夜には馬車はリエンデンに着いた。

皇帝一家や貴族の避暑地でもあるリエンデンはゆったりとした長閑（のどか）な場所で、森の中にあるいくつもの豪奢（ごうしゃ）な屋敷は目を引いた。

夏にはたくさんの貴族が訪れるのだろうが、春先のこの時期ならほとんど人もいないはずだ。

馬車は森の奥にある、ひと際豪華絢爛（けんらん）な城の前で止まった。

美しいことで有名な、イスファリアの夏の離宮は確かに贅（ぜい）をこらしていた。

確か帝国が一番繁栄していた時期に、イスファリアを治めていた皇帝が皇妃のために建てた城のはずだ。

「カイト殿、お手を」

「え？　ああ、ありがとう」

ぼんやりと城を眺めていると、先に馬車を降りたエーベルハルトから手を差し伸べられる。

さすがイスファリアの皇子。エスコートまで完璧か。って、俺女性じゃないんだけど。

少し複雑に思いながら、耀斗はエーベルハルトの手を取った。

「離宮の者には、私の客人が来ると伝えてあります。なるべく早くあなたをウェスタリアに帰せるよう努めますので。不自由をさせて申し訳ありませんが、どうぞよろしくお願いいたします」

エーベルハルトはそう言うと、二人の前を歩いていた従者に目配せを行う。

心得たかのように、従者が城の前に立つ番兵に扉を開けるよう伝える。

重厚な扉が開かれ、二人が中へ足を踏み入れれば、予想していたよりも中は明るかった。

え……？

あらかじめ伝えていたのだろうが、さすがに明るすぎないだろうか。

そんなふうに思いながら城に入った耀斗は、ようやくその明るさの原因に気づいた。

城の中央玄関には、たくさんの兵がランタンを手にしてずらりと並んでいる。

「よくやったエーベルハルト、私が欲した者を連れてくるなんて、なかなかやるじゃないか」

中心に立つ、長身の男性が笑みを浮かべた。

顔立ちこそエーベルハルトの面影があり、整ってはいるものの、見るからに底意地の悪い、嫌な笑い方だった。

「父上……!?　どうしてここに!?」

父上？　ってことは。

驚いたような声をあげるエーベルハルトに視線を向け、すぐに目の前の男へと視線を戻す。

イスファリア皇帝、クラウス……。

厳しい表情を向ける櫂斗に対し、どこ吹く風とばかりにクラウスは鼻で笑った。

「何やらちょこまかと動いていると思ったが、まさかお前がこんな働きをしてくれるとはな。敵国の姫君を欺き、連れてきたんだ。褒めてつかわすぞ」

大層な言い回しも気になったが、それ以上にムッとしたのは櫂斗に使った表現だ。

はあ？　姫君？

軽装とはいえ、今の櫂斗は士官用の軍服を着ている。

そんな櫂斗に対して使っているのだ、揶揄(やゆ)しているのは明らかだった。

「不服そうだな？　騎士の位を拝命しながら城の中でずっと守られ続けてるんだ。姫君以外の何物でもないと思うが？」

どうして、それを……？

確かに、櫂斗は騎士の地位を得ているが、演習にすら参加していない。ただそれはウェスタリア内でも一部の人間しか知らないはずだ。

耀斗のことはある程度情報として知られているとは思ったが、あまりに詳しすぎる。

「まあいい、時間ならたっぷりある。話は後でしてやる、連れていけ」

クラウスがそう言えば、背後の兵の一人がすぐさま動いた。

けれど兵士の手が耀斗へ触れる寸前、隣にいたエーベルハルトが庇うように耀斗の前に出た。

「彼は私の客人であり、人質でもあります。人質に手を出せば、ウェスタリアとの約束を反故にすることになります。公に知られれば、国際的にも我が国は不利な立場になるでしょう。父上でも許されません」

周囲にも聞こえるような、はっきりとした声だった。

「カイト殿を拉致してしまった今、ウェスタリアに奇襲をかけることはできません。カイト殿を手に入れたいのなら、正当な手段を用いて、政治的な交渉を行うべきです」

エーベルハルトの言葉に、クラウスが目を細める。

「それもそうだな、急がずともどうせそいつはすぐに手に入る。人質殿を二階の客室に招待しろ」

「わかりました」

エーベルハルトは苦々しい表情でそう言うと、耀斗の方を振り返り、手を差し出した。

「部屋に案内します」

どうか、自分を信じて欲しい。エーベルハルトの瞳は、そう言っていた。

耀斗は頷き、エーベルハルトの手を取った。

たくさんの絵画や調度品、細やかな装飾の施された華やかな壁に、高い位置にあるシャンデリア。

他国の貴族や王族を招くために作られたのだろう。耀斗が連れていかれた部屋は、かつてのイスファリアの栄光を感じさせるものだった。

部屋の片隅にある書棚があり、並べられた本の中には耀斗——正確にはエリアスだが——が知っているものも多くあった。

そういえば、イスファリアは大国であると同時に、文化大国でもあった。

「すみませんでした、まさか父上に気づかれているなんて……」

部屋の中に入った耀斗が黙って室内を見渡していたからだろう。エーベルハルトの声は重かった。

「いや……皇帝自ら足を運ぶなんて、驚いた」

寝台に座るよう促され、とりあえず耀斗は腰を下ろす。

「かつてのイスファリアの皇帝は、城から出ることはまずありませんでした。おじい様は生涯で一度も戦場に出たことはないそうです。けれど、皇太子時代に敗戦を経験した父上はそういった考えを改めました。即位した今は定期的に国内を巡り、皇帝一家は国民とともにあるのだと、そう知らせているのです。今回も地方に行くという話は聞いていたので、気づかれていないと思ったんですが……」

「むしろ、追跡されてたんだろうな」

耀斗がそう言えば、項垂れるようにエーベルハルトが頷いた。

「それにしても、参ったな。交渉を行うのがエーベルハルト殿でなくなると、条件が変わってくる……」

リーンハルトへの親書に書かれていた、耀斗を返還するための条件は二つあった。

一つは、現在イスファリアが支払っているウェスタリアへの戦後賠償の減額。

そしてもう一つは、コツウェルとイスファリアの国境沿いの街、アルロスに駐留しているウェスタリア軍の即時撤退だった。

一つ目は、おそらくリーンハルトならばすぐに承諾してくれるはずだ。

けれど二つ目のアルロスからの撤退となると、話は違ってくる。

かつてイスファリアから侵攻され、戦場となったアルロスには、コツウェル領主の要望もあり、ウェスタリア軍が駐屯している。

隣国にウェスタリアの軍が配備されていることは、イスファリアにとって大きな障壁となっているはずだ。

「エーベルハルト、地図と何か石のようなものを用意してもらえる？」

「あ、はい。勿論です」

　エーベルハルトがイスファリアを中心にした、周辺国の地図と、兵儀演習用の駒を持ってくる。

「ありがとう」

　櫂斗は寝台の隣にあった机にそれを並べると、素早くコツウェルを中心に駒を置く。

「アルロスからの撤退……なら、とりあえず兵の位置をここまで下げるしかない」

「え？」

　呟いた言葉を聞いていたエーベルハルトが、驚いたように櫂斗の顔を見る。

「手紙にはアルロスからの撤退、とは書かれていたがコツウェルからの撤退とは書かれていなかった。部隊を動かしている間、時間稼ぎにもなるだろう」

「なるほど、確かに！」

　感心したように、エーベルハルトが言った。

「だが、これをウェスタリアに伝える手段が……」

　ない、と言いかけた時、扉の方から口論のようなものが聞こえてきた。

「なんでしょう？」

首を傾げたエーベルハルトが立ち上がり、扉へ向かう。

耀斗はすぐさま目の前の地図を畳み、駒を寝台の掛布の中に入れる。


予想していた通り、部屋に入ってきたのはクラウスだった。

部屋の前に立つ衛兵はエーベルハルトの部下だったが、皇帝の入室となればさすがに断れなかったのだろう。

「ただでさえ長旅でカイト殿は疲れているんです。話をするにしても、明日になさってください」

部屋の中に入ってきたクラウスの後を追いながら、エーベルハルトが言い募る。

けれどそんなエーベルハルトのことなど気にも留めず、クラウスは部屋の奥、耀斗のところまでやってきた。

強い視線をぶつけられ、怯むことなく耀斗もクラウスを見据える。

かつての繁栄と覇権の地位を失ったとはいえ、さすがは帝国の皇帝だというべきか。

玄関ホールで会った時にはクラウスの存在に驚いていたこともあり、気がつかなかったが、静かな佇まいからも威圧感と迫力を感じる。

まじまじと、まるで何かを検分するように耀斗の顔を見つめるクラウスは口の端を上げ、そしてその腕を耀斗へ伸ばしてきた。

「父上！」

一瞬のことだった。

エーベルハルトの制止の声など気にも留めず、クラウスの手のひらは櫂斗の顎を掴んだ。

「ベルトから聞いてはいたが、本当にエリアスと同じ顔だな。いや、エリアスよりも若い分、さらに美しいか？」

やっぱり……間諜はダリントン公か。

ダリントン公の名はキンベルトで、親しい者からはベルトと呼ばれている。

おそらく戦後、停戦条約を作る際イスファリアと交渉した折にこちらに取り入ったのだろう。

けれど、今はそれよりも。

「エリアスのことを、知ってるのか？」

静かに問えば、顎を掴んでいた手に思い切り力を入れられる。

「っ痛……」

「おやめください、父上！」

鈍い痛みに顔を歪めれば、ようやく手が離された。

「口の利き方がなっていないようだな。まあ、はねっかえりを躾けるのも悪くはない」

「質問に答えろ。エリアスのことを知ってるのか？」

「なんだ、前世の記憶があると聞いていたが、覚えていないのか？　まあ、以前のお前は俺が見つけた時には、既に壊れていたからな。全くあの時は惜しいことをした。ウェスタリアの軍神があんなにも美しいと知っていれば、兵たちに任せたりしなかったというのに」

「なんの話をしてるんだ？」

「なんだ、本当に覚えていないのか？　連日のように暴力と凌辱を受けたお前は正気を失い、処遇に困った部下が、偶々前線の視察で訪れていた俺に相談しにきたんだ。もう既に情報は引き出せない、殺してもいいかと問われたが、あの時姿を確認しておいてよかった。殺すには勿体ない美しさだったからな。連れ帰り、後宮に入れた」

どういう、ことだ……？

耀斗には、エリアスの記憶が確かにある。けれどクラウスの口から話されるエリアスの過去は、耀斗が全く知らない記憶だった。

確かに激しい拷問の末、エリアスは正気を失った。そこからの記憶は一切ない。

けれど、エリアスとしての自我がなかっただけで、その身体は生きていたのだとしたら。

……記憶がないのも、腑に落ちる。

「治療の末、身体は回復したものの結局正気を取り戻すことなく、死んでいった。いくら美しくとも人形を抱く趣味はなかったが、今思えば勿体ないことをした」

勿体ない、と口にしながらもそこにエリアスの死を悼む気持ちはない。

ただ、自身の欲望のはけ口にできなかったことを惜しんでいるだけだった。

まるで、お気に入りの玩具が壊れてしまった子供のように。

「ベルトから、ウェスタリア王がエリアスの生まれ変わりを召喚したと聞いた時にはまさかと思ったが……だが気持ちはわかる。艶やかな黒髪に、青い瞳……前世と変わらぬ絶世の美貌に、さぞウェスタリア王は喜んだことだろうな」

腕組みし、愉快そうにクラウスが櫂斗の容姿を見つめる。あまりの不快感に、櫂斗は思い切り顔を顰めた。

「……一緒にするな」

低い声を出せば、クラウスの片眉が上がった。

「リーンハルトは、ウェスタリア王はあんたとは違う。見た目の美しさでエリアスのことを大切にしていたわけじゃない」

勿論、リーンハルトもエリアスのことを美しいとは思っていただろう。

時折感じるリーンハルトからの視線に憧憬の念が感じられるのも、櫂斗がエリアスと同じ容姿をしているからだ。

けれど、いくら同じ容姿をしていても、櫂斗とエリアスは別の人間だ。

櫂斗は、エリアスの代わりにはなれない。

「俺のことだって、別にエリアスと同じ顔だから大事にしてくれてるわけじゃない。俺とエリアスは違う人間だって、リーンハルトはわかってる。俺を騎士として重用してくれたことに、顔は関係ない」

「随分、おめでたいことを言う。そもそもウェスタリア王がエリアスを重宝していたのは、美しい容姿を持っていたからだろう？　そうでなければ、いくら名家の出身とはいえ庶子の息子があのような出世を遂げることはなかった。だから、エリアスと同じ顔を持つお前を今も傍に置いている」

「そう思うなら、そう思っておけばいい。自分しか愛せないあんたには、一生リーンハルトの気持ちはわからない」

もしリーンハルトがエリアスの外見の美しさを愛していたのなら、同じ容姿を持つ櫂斗のことも同じように愛していたはずだ。

だけど、そうじゃない。リーンハルトは今もなお、エリアスのことを、エリアスだけを愛している。

櫂斗はそれが嬉しかったが、同時に苦しくもあった。

「……だったら、お前はその存在になれるのか？」

「は？」

どういう意味だ。

「俺が、自分よりも愛（いと）おしいと思える存在に」

言われている意味がわかっても、その意図がわからず櫂斗が訝し気な視線をクラウスに向ける。

先ほどまでの、自分以外の全てを見下したような表情とは違い、その顔はどこか寂しげに見えた。

「くだらないことを言ったな。ではお前が言うように、ウェスタリア王が真にお前に価値を見出しているか試してやろう」

「どういう意味だ？」

「新たな親書をこちらから届ける。七日もあればウェスタリアに届くだろう。お前をイスファリアに寄越せば、先に出した条件は全て撤回する。ウェスタリア王も自国の安寧とお前を比べ、お前を優先するほど愚かではないはずだ。悪いようにはしない。ノエンブルクは豊かな街だ。リューベンにいた頃よりも、さらに良い生活をさせてやる。……美しい容姿に生まれたことを、神に感謝するんだな」

それだけ言うと、ようやくクラウスは部屋を出ていった。

神など信じていないだろうに、最後の台詞（せりふ）は捨て台詞のようだった。

これまで櫂斗は、幾度もその容姿を褒められてきた。

元いた世界においてはあからさまに容姿について触れるのはよくないという風潮だった

が、それでも親しくなると気軽にみな容貌（ようぼう）について触れてきた。

どこぞの芸能人に似てる、いや芸能人よりもかっこいいしきれい。

不快ではなかったが、生まれ持った容姿について褒められたところで、それほど嬉しいとは思わなかった。

この世界に来てからは、リーンハルトに庇護（ひご）されていることも面と向かってそれを口にする者はいなかったが、それでも誰もが櫂斗の容姿に見惚（みと）れていることには気づいていた。

だからこそ、櫂斗は容姿ではなく内面を、能力を認めてもらえるよう努力した。

外見だけしか取り柄がないと思われるのが、不本意だったからだ。

「美しいって言われて、こんなにむかついたのは初めてだ……」

クラウスの姿が見えなくなった後、ぼそりと呟けば、隣にいたエーベルハルトが申し訳なさそうに言った。

「父を止めることができず、申し訳ありません……」

「エーベルハルトは庇ってくれたし、十分だよ」

「ですが……おそらく父は、本気だと思います。あんな言い方をしていましたが、エリアス殿の美しさに心を奪われたのは本当なんです。周囲の反対を押し切って、自身の後宮に入れてしまったくらいなので。そういえば、その間の記憶はカイト殿にはないんですよね？」

「うん、捕虜として牢獄で囚われていたところまでしか記憶にないから、てっきり獄中で死んだのかと思ってた。後宮にいたってことは最後は丁重に葬られただろうし、よかったよ」

記憶にないこともあるのだろう。クラウスから聞かされた話にも、それほどショックは受けなかった。

「エーベルハルト？」

櫂斗の言葉を聞いたエーベルハルトは、なぜか俯き、黙り込んでしまった。

「すみません、少し考え事をしておりました。カイト殿は、ウェスタリア王はどう動かれると思いますか？」

「リーンハルトが？　うーん……簡単には、クラウス帝の言い分を聞き入れないとは思うけど……。ただ、戦争を避けたいのはウェスタリアも同じだろうし、難しいな」

「……どうして、そんなふうに前向きに捉えられるのですか？」

「え？」

「私は、後宮にいた頃のエリアス殿を知っております。美しく着飾られたエリアス殿は既に心を失っていて、ただ外ばかり眺めていました。その時は知りませんでしたが、エリアス殿が捕虜となったのは、ウェスタリアに裏切られ、当時の王太子に切り捨てられたからだと聞いています。そんなウェスタリア王を、どうして信じることができるんですか？」

これまでどちらかというと穏やかな物言いが多かったエーベルハルトが、珍しく興奮した様子で強く言い募った。

「すみません……」

言いすぎたと思ったのだろう。驚きながらエーベルハルトを見ている櫂斗に気づくと、小さく頭を下げた。

「気にしないで。実は俺も、最初はリーンハルトのことを許せなかったし、恨んですらいた。俺自身が何かされたわけじゃないんだけど、記憶の中のエリアスがあまりに不憫でさ。八つ当たりみたいに、怒鳴ったり詰ったりしたよ」

我ながら、当時のことを考えると気恥ずかしい思いで落ち着かなくなる。

ただ一方的に子供のように感情をぶつけた櫂斗の言葉を、リーンハルトは黙って受け入れてくれた。

「それだけのことをされたんですから、当然だと思いますが……」

「うん、俺から見ればね。でも、リーンハルトにはリーンハルトの事情はあった。当時のリーンハルトは今よりずっと立場が弱かったし、まだ十九かそこらでようやく成年を迎えたばかりだった。それに、間違いを犯さない人間なんていない」

「王族には高貴なる者の義務があります、年齢は関係ないと思いますが」

今のエーベルハルトが、リーンハルトと同じ年頃だからだろうか。厳しい口調からは、この年頃の青年らしい傲慢さが感じられた。

けれどその真っすぐさが、耀斗は嫌いじゃなかった。

「でも、エリアスは最後までリーンハルトのことも、ウェスタリアのことも恨んでなかった。だから俺も、エリアスと同じように信じたいんだ。リーンハルトは、俺を見捨てたりしないって」

「どうして……そう思えるんですか？」

「だって、約束してくれたから」

「約束？」

「俺のことは傍で見守るって……。むしろ心配なのは、新しい親書を見たリーンハルトが感情的になって強引な武力行使に出ないかだよ。クラウス帝にはそんなつもりはないんだろうけど、明らかに挑発しているし……冷静になってくれるといいんだけど」

開戦の原因が自分になるなんてあってはならない。イスファリアに、クラウスのもとにいるのはまっぴらだったが、かといって自分のせいで数多の血が流れるのは見たくない。

「話には聞いておりましたが、ウェスタリア王はカイト殿を随分大切にしているんですね」

「それはまあ……エリアスの生まれ変わりだし」

「確かにそれもあるでしょうが、それだけが理由ではないと思います。……すみません、話しすぎましたね。父上には親書の件でもう一度かけ合ってはみますが、あまり期待はしないでください」

まだエーベルハルトは何か言いたいことがあるようだったが、時間も時間だからだろう。早口でそう言うと、慌てたように部屋の外に待機させていた侍女を呼んだ。

「何か困ったことがあれば、この者に申しつけてください。この部屋から出すことはできませんが、明日また来ます。今日はゆっくり休んでください」

そう言うと、エーベルハルトは燿斗の言葉を待たずに部屋の外へと出ていった。

少し素っ気なくも感じたが、そもそもエーベルハルトはイスファリアの皇子なのだ。両国間で戦争を起こしたくないという思いは燿斗と同じでも、その手段まで意志を共有できるとは限らない。

とりあえず飲み物だけ用意してもらえるよう頼み、部屋から侍女が出ていったのを確認すると、燿斗はようやく寝台に横になった。

リューベンを出てから数日しか経っていないというのに、あまりに目まぐるしい日々にさすがに頭がどうにかなりそうだった。

リーンハルトは、どんな返答をイスファリア側に返すだろう。

エーベルハルトにはああ言ったが、燿斗はもしリーンハルトが自分の存在を理由にイスファリアとの戦争を回避したとしても、責めるつもりはなかった。

勿論、できることならウェスタリアに帰りたい。

けれど、ウェスタリアにとってコツウェルが緩衝地帯として戦略上重要なことは誰よりわかっている。

たとえ櫂斗よりもコツウェルを選んだとしても、それはリーンハルトがさんざん悩み、苦しんだ末の選択だろう。

別にイスファリアに行ったからといって命が取られるわけではない。それによりウェスタリアの安寧が守られるのなら、十分だ。リーンハルトの出した答えに従おう。

それにしても、自分のために生きるはずだったのに……。

生まれ変わっても結局同じ道を歩もうとしているなんて、滑稽すぎる。

だけど、嫌な気持ちではなかった。

あ、でもダリントン公の裏切りだけは知らせたい。なんとか伝える手段はないかな。

それから、もしウェスタリアに帰ることができたら、ちゃんと、リーンハルトに自分の気持ちを伝えよう。

瞳を閉じれば、穏やかな視線をこちらに向けるリーンハルトの姿が思い浮かんだ。

頭はしっかりしていたが既に身体の方の疲れは限界なのだろう。ゆっくりと意識がなくなっていくのを、櫂斗は感じた。

8

翌日にはてっきりイスファリアの首都であるノエンブルクに連れていかれるかと思ったが、意外にもリエンデンに留まることになった。

考えてみれば、ここからリューベンまで馬を走らせても七日はかかる。ノエンブルクとなると、さらに三日は要する。文書のやり取りをする間はできるだけウェスタリアに近い方がいいという判断なのだろう。

「申し訳ありません、父を止めることはできませんでした」

朝食の最中、侍女と入れ替わりに部屋に入ってきたエーベルハルトはすまなそうに言った。

クラウスとしても、ああ言った手前、引き下がることができなかったのだろう。

「気にしないで。ただ……クラウス帝は何がしたいのかよくわからないな。本来の目的は最初の二つ、アルロスからのウェスタリア軍の撤退と、賠償金の減額のはずだろう？　俺をイスファリアに連れていったところで、何も目的は達成されないと思うけど」

一度引き下がることで、ウェスタリア側に油断させるつもりだろうか。

いや、今回のことをきっかけにウェスタリアはコツウェルの守備隊をますます強化するだろう。

「その通りです。ウェスタリア王の寵愛する騎士を奪うことで、溜飲を下げる者もいるとは思いますが、些末なことです……って、申し訳ありません」

ハッとして手で口を押さえるエーベルハルトに、苦笑する。

「いいよ、本当にその通りなんだから。クラウス帝も、冷静になった方がいいと思うんだけど」

「父上は、冷静なんだと思います。エリアス殿が後宮にいた期間はほんの三カ月ほどではありましたが、父上は毎日のようにエリアス殿のもとへ通っていました。それくらい、エリアス殿に執着していたのだと思います」

「自我を失ってもなお人の心、しかも一国の皇太子の心を奪うって……すごいな、エリアスは」

一瞬、傾国という言葉が頭に浮かんだが、すぐに打ち消した。エリアスは、国を滅ぼしてなどいない。

「それはカイト殿も一緒だと思いますけど」

「え？」

「ウェスタリア王がエリアス殿の生まれ変わりを異界より召喚したと聞いた時、父は一笑に付していたんです。それは見てみたいとは言っていましたが、本気にしていなかったと思います。けれど、カイト殿と会った父上は交渉の条件すら変えてしまった」

おそらく、それはエリアスと同じ容姿をしているから。

なんだろう、すごいむずむずする……。

エリアスと同じ容姿を持っていることは自覚しているが、ウェスタリアではエリアスと比べられることはあっても、同一視されることはなかった。

リーンハルトも、糴斗のことは糴斗として見てくれていた。

自己を否定され、違う人間としての役割を求められるのって、こんなに気持ち悪いんだ。

「ところで、そちらは昨日の地図ですか？」

食事を終えたところで、エーベルハルトが糴斗が隣に広げていた地図と駒に視線を向けた。

「うん。なんかじっとしてるのも落ち着かないし、部隊をどう動かせば戦略的に優位に立てるか考えてたんだ。まあ、俺があれこれ考えたところで、それがウェスタリア側に伝わるわけじゃないんだけど」

糴斗には、ウェスタリア側がどの選択をするか待つことしかできない。

「昨日のアルロスからの撤退の件といい、カイト殿は、優れた戦術家でもいらっしゃるんですね」

「正直、俺が二人いれば俺のこと助けられるんだけどなって思ってる……」

大真面目（おおまじめ）な顔でそう言えば、エーベルハルトが吹き出した。

朝からずっと深刻な顔をしていたため、少しホッとする。

「申し訳ありません、当初の計画では、すぐにカイト殿をお返しできるはずだったんですが……」

やはりエーベルハルトは、耀斗を拉致してしまったことに責任を感じているようだ。

けれど、あの場で耀斗を拉致しなかったとしても、近いうちに両国間で諍（いさか）いは起きていたはずだ。それくらい、イスファリア側も限界だったのだろう。

「気にしないでよ、エーベルハルトだって両国が戦争にならないよう考えてのことだったんだし」

そうは言ったものの、やはりエーベルハルトの表情は晴れない。

耀斗自身軽く言ったものの、事態が随分深刻なことになっているのはわかっている。だからといって、悲観的になったところで状況が改善されるわけでもない。

「あの……」

「何？」

「ここから、逃げるというのはいかがでしょうか？　少しの間ですが、兵の気を引くことはできますが」

声を小さくしたエーベルハルトの提案に、櫂斗は肩をすくめる。

「どこかに緊急時の通路がないかな〜って思ったんだけど、この部屋には何もなかったからね。離宮を出られたとしても、そこからの手段もないし」

「馬なら、お貸しすることもできますが？」

「気持ちは嬉しいけど、戦術に自信はあっても馬術の方はさっぱりなんだ」

現代では馬に乗ることなどなかったし、こちらに来て騎士となった後は少し乗ってみたものの、あくまでその程度だ。

櫂斗の腕では、すぐに追跡され、捕まるのは目に見えていた。長時間、しかも早駆けともなれば、途中で振り落とされるのが関の山だろう。

「そう、なんですか？　それは、失礼いたしました」

騎士ならば、馬に乗れて当然なのだ。謝られてしまうと、ますます気まずくなる。

「だから、おとなしく待つしかないんだ」

もしウェスタリアに帰ることができたら、馬術の訓練を受けよう。

状況は変わっていないというのに、不思議と気持ちは前向きだった。

「カイト殿には、できれば快適に過ごしていただきたいと思っています。何か必要なものがあれば、遠慮なく言ってください」

「それじゃあ。本、読んでもいいかな？」

「え？」

「ほら、書棚に並べてある」

エーベルハルトが、櫂斗が目配せをした方へと視線を向ける。

「構いませんが……ありきたりなものばかりで、退屈じゃありませんか？」

さらりと答えたエーベルハルトの言葉に驚く。

「エーベルハルトは読書家なのか？」

「いえ、普通だと思いますが……学校ではとにかくたくさんの本を読むことを勧められましたし」

そういえば、イスファリアでは識字率が高く、末端の兵士であっても命令書が読めていた。

改めて思う。イスファリアの教育や文化の水準は、とても高い。百年もの間、覇権国家として君臨していたはずだ。

一週間も経てば、何かしら情勢が変わるかに思えたが、十日経っても依然として櫂斗の状況は変わらなかった。

水面下で、櫂斗が知らぬところで動きがあるのかと思えば、エーベルハルトも何も知らぬようだった。

部屋から出ることもできないため、櫂斗はとにかく読書に勤(いそ)しんだ。

その日はとても暖かい日で、櫂斗は侍女に頼み、部屋の窓を開けてもらった。

柔らかな風とともに、賑(にぎ)やかな音楽が部屋の中へ入ってくる。

「すみません、今日は村で祭りが行われているらしく……騒々しいですよね」

ちょうど部屋を訪れたエーベルハルトが、すまなさそうに言った。

演奏は素晴らしいもので、騒々しいとは思わなかったが、部屋の中に閉じこもっている櫂斗に気を使ってくれたのだろう。

「賑やかだし、いい気分転換になるよ。そういえば、イスファリアは優れた音楽家を何人も輩出していたね」

「そうですね、以前は貴族たちが競い合うように音楽家のパロトンになっていたので……今では一部の貴族にしかできないことですが」

確かにかつてのイスファリアは富も力もほしいままにしていた。それにより、絵画や文学、音楽が発展していった。

かつてのような力を失った今も、それらの文化を大切にする土壌は残っている。

「覇権の地位を失ったからって、何もかもを失ったわけじゃないってことだよな」

「え？」

「イスファリアが大帝国じゃなくなったとしても、素晴らしい文化が残ってる。それって十分、誇れることじゃないかな」

耳を澄まし、外から聞こえてくる音楽に耳を傾ける。微かに、人々の楽し気な声が耳に入ってくる。

穏やかで平和な光景が目に見えるようで、自然と頬が緩んだ。

「なんて、ごめんな。勝手なこと言って。イスファリアにはイスファリアの事情があるのに」

「いえ、そんな。そうなんですよね、大国としての地位を失っても、イスファリアには誇れるものがたくさんある。わかってはいるのですが……それでも、過去の栄光を忘れられず、とらわれている者たちは今なおいます」

「うん。でも、これからのイスファリアを作っていくのは、エーベルハルトだろう？」

さらりと耀斗が言えば、エーベルハルトが目を大きくした。

「そう……ですね。本当に、仰る通りです」

自分自身に言い聞かせるように、エーベルハルトが繰り返した。

「あの、カイト殿」

「何？」

視線を、真っすぐにエーベルハルトへ向ける。エーベルハルトは眉間に皺を寄せ、困惑したような、迷っているような顔をする。

燿斗と一緒にいる時のエーベルハルトは、時折こんな表情をすることがあった。

「いえ、なんでもありません。また、何か動きがあったら知らせに来ます」

そして表情を曇らせたまま、部屋を出ていった。

毎日ではないものの、クラウスも時折燿斗の部屋を訪れた。

これといって会話をするわけではなく、言葉の通り様子を見に来ているようだった。

ただ、最初の頃は余裕の笑みさえ見せていた表情は、日に日に厳しくなっていった。

おそらく、情勢はウェスタリアに優位に動いている。燿斗の予想は二十日後、ついに確信へと変わった。


昼食を終えた燿斗の部屋に、幾人かの足音が聞こえてきた。

窓から差し込む午後のやわらかな陽光にぼんやりとしていた燿斗は、慌てて姿勢を整える。

部屋に入ってきたのはクラウスと、そしてエーベルハルトだった。

よく似た容姿を持った親子は、対照的な表情をしていた。

「どうやらウェスタリア王は、お前に容姿以上の価値を見出していたようだな」

「は？」

開口一番そう言われ、燿斗は訝し気にクラウスの顔を見つめる。

「解放だ、人質殿。五日後、ソルベリー草原でお前のことを引き渡す。詳しいことは、エーベルハルトにでも聞くんだな」

「あ、ありがとうございます……」

呆(ほう)けたように櫂斗が言えば、ますますクラウスの眉間の皺が濃くなった。

そして厳しい表情のまま踵(きびす)を返し、兵に囲まれながら扉へと向かう。けれど部屋を出る直前、もう一度櫂斗の方を振り返った。

「おい」

声をかけられ、視線だけクラウスへ向ける。

「次は必ず、俺の傍に生まれ変わらせてやる」

「は……？」

それだけ言うと、ようやくクラウスは櫂斗の部屋を出ていった。

生まれ変わったら……？

そしてクラウスに言われた言葉を反芻(はんすう)し、これ以上ないほど思い切り顔を顰める。

「絶対、嫌だ！」

死んでも御免だ。いや、死んだ後のことだから自分ではどうしようもないんだろうけど。

「すみません、父が……」

思い切り悪態づいた櫂斗に、申し訳なさそうにエーベルハルトが謝った。

「それはいいんだけど……どういうことか、説明してくれる？」

「はい、勿論です。口で説明しただけでもカイト殿はわかってくださると思いますが、一応、地図と駒を使ってもよろしいですか？」

「うん、勿論」

　燿斗がそう言うと、エーベルハルトは椅子に座り、机の上に広げられている地図の駒を動かし始めた。

「父上が急いでいたのは、早急にノエンブルクに戻らなければならなくなったからです。その理由がわかりますか？」

　エーベルハルトが、リエンデンからいくつかの駒をノエンブルクに移動させる。

　ウェスタリアとの国境に近いリエンデンに対し、ノエンブルクはイスファリアの中央にある。

　そしてその先には、隣国、シラクトスが。

「もしかして……リーンハルトはシラクトスに働きかけを？」

「さすがカイト殿です。当たり前ではあるんですが、兵をウェスタリアの方に集中させれば、シラクトスとの国境沿いが手薄になるということなんです。おそらく、ウェスタリア王がその情報をシラクトスへ流したんでしょうね」

「なるほど。どうりで、クラウス帝が急いでいたはずだ……」

言いながら、耀斗はシラクトスにいくつかの駒を置く。

「それで、仕方なくクラウス帝は退いたってこと？」

「いえ、それだけではないんです……」

エーベルハルトが、笑みを浮かべて小さく頭を振った。

「シラクトスの件は、あくまでこちらの推測です。ウェスタリア側の正式な返答は、即時のカイト殿の引き渡し。その条件として、一つ目のイスファリア側からウェスタリアへの戦後賠償の全面停止が出されました。二つ目のアルロスに関しては触れていませんでしたが、我が国の強硬的な者たちを説得するには十分な条件です！」

耀斗は、元々大きな目をさらに見開いた。

戦後賠償の停止。

おそらくリーンハルトは、耀斗が以前進言した時から戦後賠償に関しては停止する方向で考えていたはずだ。

けれど、イスファリア側にその事実を知る者はおそらくいない。

全面停止というのは、減額を要求したイスファリア側の条件よりさらに譲歩したように見える。

勿論それだけでは不十分だと、さらに強硬に出ようと主張する者も出てくるだろう。そのためにシラクトス側へ情報を流した。これ以上の要求を、イスファリア側が行うことがないように。

イスファリア側を窘めながらも、同時に面子も潰さないようにする。

落としどころとしては、十分すぎるくらいだった。

「さすがウェスタリア王……見事な手腕です。ウェスタリアに帰れますよ、カイト殿！」

エーベルハルトに明るくそう言われ、櫂斗はこくこくと何度も頷いた。

気がつけば、目には涙が浮かんでいた。

「あ、ごめん……なんか、安心しちゃって」

リーンハルトならば自分を見捨てないと、信じていた。それでもそれが現実となればやっぱり嬉しい。

帰れる、エリアスが帰れなかったウェスタリアに、帰れるんだ。

噛みしめるように、何度も心の中で呟く。

「ソルベリー草原でのカイト殿の引き渡しは、五日後です。明日の午後には出立しなければなりません。明日に備え、今日はゆっくりお過ごしください」

「うん、ありがとうエーベルハルト。短い間だったけど、本当に世話になったと思う」

礼を言うとエーベルハルトはなぜか戸惑ったような顔をし、次にゆっくりと頷いた。

その一瞬躊躇うような表情が、何か気になった。

「すみません。私も移動の準備をしなければなりません。カイト殿も……」

「なあ、エーベルハルト」

そのまま部屋を出ようとするエーベルハルトを、櫂斗がやんわりと引き留める。

「落ち着いて話せるの、最後になるかもしれないし、聞いてもいい？　どうして、俺にここまで親切にしてくれるのか」

エーベルハルトが櫂斗の身の安全を保障してくれるのは、両国の衝突を避けるためだろう。人質の無事が保証されなければ交渉が成立しない。

けれど、エーベルハルトの櫂斗への扱いはそれだけを理由にするにはあまりに過分だった。

元々の性格もあるのだろうが、細やかな気遣いにとても助けられた。かといって、クラウスのように、そういった欲望の対象として櫂斗を見ているとは思えない。

ただ、時折自分を見つめるエーベルハルトの視線がどこか苦しげなのは気にかかっていた。

本人が言うつもりがないのなら、無理に聞く必要はないと思っていた。それでも、もし理由があるのなら、知りたいと思った。

「そうですよね、カイト殿だって不思議に思いますよね。わかりました。全て、お話しします」

なんとなく、長い話になるだろうと櫂斗は思った。

椅子に座るようエーベルハルトを促し、正面から向き合う。

エーベルハルトは強張った表情をしていたが、やがて決心したようにその口を開いた。

「カイト殿には記憶がないようですが、父がエリアス殿を後宮に匿ったという話は以前しました。ほんの短い間でしたが」

「うん」

「実はその時、私はエリアス殿にお会いしたことがあります。当時七つだった私は、母とともに後宮で生活しており、他の子供と隠れん坊をしていて、たまたまエリアス殿の部屋に迷い込んでしまったんです。会った、といってもエリアス殿は最初私のことを認識していなかったようなんですが。私は子供心に、窓をぼんやりと見つめるエリアス殿の存在が気になり、それからこっそりとエリアス殿の部屋に通いました」

「そう、だったんだ……」

話を聞いたものの、残念ながら耀斗は思い出すことができなかった。

「侍女たちが噂していましたが、エリアス殿の部屋への立ち入りは許されていなかったので、冒険心のようなものもあったのかもしれません。あと……やはり、エリアス殿の美しさが気になったんだと思います」

言いづらそうにしているのは、耀斗がさんざんクラウスに容姿のことを揶揄されたのを聞いているからだろう。

別に気にしなくていいのに。とは思ったが、とりあえず話の続きを黙って聞き続けた。

「毎日のように通い、話しかけていたからか、時折エリアス殿は私に微笑んでくれるようになりました。ほんの一瞬のことで、会話は成り立っていたわけではないんですが。『ご飯は食べましたか？』『また、勉強から逃げてきたのですか？』と一言二言話しかけられる言葉が、とても嬉しかった」

エーベルハルトの言葉に、ハッとする。

エリアスの発していた言葉には、聞き覚えがあった。

「けれどある日、エリアス殿の部屋に向かうとそこには先客がいました。恥ずかしい話なのですが、当時のイスファリアは王位継承問題や革命分子の存在もあり、内政も混乱していて。私は長子であるものの、一つ下の弟に王位を、と考える者たちも多かったのです。私がこっそりとエリアス殿の部屋に忍び込んでいることに気づいた侍女は、誰も近づかないその部屋で私を殺そうとした。正気を失っているエリアス殿に濡れ衣も着せられるし……ちょうどいいと思ったんでしょう」

滑らかだったエーベルハルトの口ぶりが、重くなっていく。

「毒が塗られた短刀で、侍女は私を刺そうとしました。何が起こっているのかわからない私は咄嗟に目を閉じ、けれど痛みはいつまでもやってこなかった。目を開くと、そこには青ざめた侍女と、そして腹から血を流すエリアス殿がいました。驚いた私は叫び声をあげ、それに気づいた衛兵たちが部屋に入ってきました。すぐに状況に気づいたのでしょう。侍女は捕らえられ、部屋の中は騒然としました。私はエリアス殿の名を何度も呼びましたが、触れていたエリアス殿の体温がなくなっていくのがわかりました」

声を震わせながら語るエーベルハルトの話を、驚愕しながら櫂斗は聞き続けた。

クラウスは、エリアスは後宮で死んだと言っていた。最期の弱った姿を知っているだけに、てっきり病か何かだと思っていた。

けれど、そうではなかった。エリアスは、目の前のエーベルハルトを助けるために、その命を失った。

「最後にエリアス殿が、私を見て言ったんです。『お怪我はありませんか、リーンハルト様』と。私が頷くと、エリアス殿は笑みを浮かべ、そのまま瞳を閉じました。エリアス殿が亡くなったのは、私を庇ってのことだったんです。これまで黙っていて、本当にすみません」

エーベルハルトの握りしめた拳は、小刻みに震えていた。

自分を庇い、人が目の前で亡くなったのだ。七つかそこらの子供には、残酷すぎる経験だっただろう。

「ごめんなさい」

もう一度、エーベルハルトが謝罪の言葉を口にした。その瞳には、うっすらと涙が浮かんでいる。

　燿斗は首を振り、立ち上がってエーベルハルトのところまで足を進めた。そして、その大きな身体をそっと抱きしめた。

「話してくれて、最後までエリアスと一緒にいてくれて、ありがとう」

　エリアスが死んだのは、冷たい牢獄の中でもなければ、敵国の後宮で病に倒れたわけでもなかった。

　目の前にいた小さな子供を、エーベルハルトのことを守ろうとして死んだんだ。

　最後の言葉を聞く限り、自我を失いながらもエリアスはリーンハルトのことを忘れなかったのだろう。

　おそらく心を失ったエリアスの時間は、戻っていたのだ。まだ幸せだった頃、幼いリーンハルトと過ごしていた時代に。

　そして最後の瞬間まで、エリアスはリーンハルトのことを守ろうとしていた。

　すごいなあ……かなわないなあ……。

　目頭が熱くなる。

　やっぱり、エリアスはすごい人だ。強くて優しい、俺の憧れ（あこが）の人だ。

　リーンハルトが、今もなお愛し続けているはずだ。

　だけど、だからといって燿斗がリーンハルトを想うことをやめる必要はない。

耀斗は耀斗にできる形で、リーンハルトのことを愛していけばいいだけだ。

◇◇◇

コツウェル領内にあるソルベリー草原は視界が良好で、目立つ建物といえばかつてイスファリアの支配下にあった頃、建てられた古城くらいだった。

独立後は使われていなかったその古城をエリアスは最終防衛ラインとし、城に誘い込んだイスファリア兵を援軍により囲い込むつもりだった。

けれど、援軍が来なかったことにより作戦は失敗。

エリアスにとって、苦い記憶の残るその場所を、リーンハルトが耀斗を受け渡す場に設定した理由は、なんとなくわかる。

過去にエリアスを助けに行けなかった場所。ここに耀斗を、迎えに来るためだ。

冬は寒さの厳しいソルベリー草原だが、今の季節は青々とした草が生い茂っている。

雪が舞う中、黒衣のエリアスの部下たちが勇敢に戦った姿を思い出す。

馬車の窓から草原の先に、既に黒衣を纏った兵たちと、そして鮮やかな朱色のウェスタリアの旗がはためいているのが見えた。

エーベルハルトに手を引かれ、馬車を降りる。

耀斗が馬車から降りたのがわかったのだろう。ウェスタリア側から、一人の騎士がこちらへ向かってくる。

兜に甲冑を纏った、上背のあるその姿に耀斗は目を細める。エーベルハルトからは、ヴェルトが受け渡しの場に来ると聞いていた。

「ここでいいよ。色々ありがとう、エーベルハルト」

隣に立つエーベルハルトに、最後に礼を言う。

ここから先は、一人で行くつもりだったのだが、エーベルハルトは耀斗の言葉に首を振った。

「いえ、きちんとお返しすると約束しました。それに……よからぬことを考える者もいるかもしれません」

最後の一言は、耀斗に聞こえる程度の小さな声だった。

確かに、連れてきたのはあくまでエーベルハルトの兵だが、クラウスに何か言われている可能性もある。

エーベルハルトと離れた瞬間、イスファリア側に向かって歩いている最中に発砲でもされた日には、これまでの苦労が全て水の泡だ。

耀斗は頷き、エーベルハルトとともにウェスタリア側へと向かって歩き始めた。

「お待たせしてすみません。カイト殿をお連れいたしました。此度(こたび)の我が国への恩情、感謝しますと、ウェスタリア王にお伝えください」

そう言うと、エーベルハルトは静かに頭を下げた。

一国の皇子が、一人の騎士に頭を下げる。

「え……」

戸惑った櫂斗がエーベルハルトに何か言おうとすれば、その前に向かい側に立つ騎士が櫂斗の腕を摑み引っ張った。

「わっ……」

手加減はしてくれたのだろうが、少しバランスを崩せばすぐに力強い腕に身体を支えられた。

一刻も早くこの場を後にしたい、そんな思いを強く感じた。

エーベルハルトにも、騎士のそんな心情はわかったのだろう。

「道中お気をつけて、カイト殿」

「うん。元気でね、エーベルハルト」

エーベルハルトが返事をする前に、櫂斗の手は騎士に引かれ、ウェスタリア側へ向かった。

後ろを振り返れば、エーベルハルトが微笑んでいるのが見えた。

ありがとう、エーベルハルト。

口には出さず、最後にもう一度、心の中で礼を言った。

ウェスタリアの陣へと向かえば、遠目にはわからなかったが想像していたよりも多くの兵がいることがわかった。

最悪の場合を考え、備えていたのだろうが、ここまでの大部隊を連れてくるとは思いもしなかった。

騎士に手を引かれ、ウェスタリア王家の紋章が描かれた馬車に乗れば、すぐに動き出した。

兵たちも出立したのだろう。たくさんの馬の蹄（ひづめ）の音が聞こえ始めたところで、曜斗は目の前の騎士に話しかけた。

「国王陛下が、一人の騎士の受け渡しのために隣国との緩衝地帯に来るのはどうかと思いますけど」

「……気づいていたのか？」

表情こそ見えないが、驚いたように騎士が言った。

頭を覆っていた兜を、ゆっくりと外す。現れたのは、完璧な配置と形で作られた目鼻立ちの端整な顔。

リーンハルトは切れ長の瞳を大きくし、じっと櫂斗を見つめる。

「遠目に見た時にはわからなかったけど、歩き方がヴェルトじゃなくてリーンハルトだったから。もう何考えてんだよ。自分の立場を考えろよ、何かあったら、どうするんだよ……」

悪態をつきながらも、発する声はどんどん掠れていく。自分の目から、涙が溢れてくるのがわかる。

もしかして、と少しの期待を持ちながらも、まさかと自身の甘い考えを否定していた。見捨てず、切り捨てられなかっただけでも十分だったのに。国境を越えて、自ら迎えに来てくれるなんて。

「お前はそう言うと思ったが、城でお前を待っていることなんてできなかった。一秒でも早く、お前の姿を確認したかった……いや、違うな。俺が、お前を迎えに行きたかった」

気持ちはわかるが、言っていることはめちゃくちゃだ。

既に交渉は成立しているのだ。この場にいるのが国王である必要なんてない。

だけど、それでも。

「ありがとう、迎えに来てくれて……」

ああ、恥ずかしい。またリーンハルトの前で泣いてしまった。

そう思いながらも、とめどなく流れてくる涙を抑えることができなかった。

リーンハルトは戸惑ったような顔をしていたが、やがておずおずと櫂斗に腕を伸ばしてきた。

いや、そこは抱きしめてくれていいんだけど。

小さく笑った櫂斗は身体を浮かせ、向かい側に座るリーンハルトの胸に思い切り抱きついた。

リーンハルトはなんなくそれを受け止め、今度こそそっと、優しく抱きしめてくれた。

9

遠くに、話し声が聞こえる。声を抑えて話しているのだろう。膜が張ったようにぼんやりとした声は、少しずつはっきりしてくる。

それでも内容まではわからないが、聞こえてくる声を櫂斗はよく知っていた。

次に感じたのは、独特な浮遊感。

先ほどまでの、馬車に揺られている感覚とも違う。大きな動きではないが、自分の意志とは別のところで身体が移動しているのがわかる。

意識はまだはっきりしていなかったが、ゆっくりと目を開く。

「え……？」

「気がついたか？」

目を覚ました櫂斗の目の前には、リーンハルトの顔があった。しかも、ものすごく近い場所に。

慌てて視線を動かすと、櫂斗の身体がリーンハルトによって横抱き、ようはお姫様抱っこをされているという状況に気づく。

「え？　は⁉」

焦って動こうとすれば、支えられている腕にさらに力がこもった。

「動くと危ない、じっとしていていろ」

いや、この状況で？

無理だろう。そもそも、どうしてこんな状況に。

混乱しながら考えていると、あたりが既に暗くなっていること、リーンハルトが向かっているのが大きな屋敷だということがわかる。

そっか……もう、ウェスタリア領に入ったんだ。

ソルベリー草原で再会できた後、リーンハルトはそのままウェスタリアへと馬車を走らせた。

シュルツは今回の件を心から詫び、コツウェル領内で一泊するよう勧めてきたそうだが、リーンハルトはきっぱりと断ったという。

両国に挟まれ、苦しい立場だったとはいえ、だまし討ちのようなことをしたシュルツへの怒りは収まっていないようだ。

次に同じことを行ったら、即座に軍を撤退させるとまで言ったという。

それでも、いくら屈強な軍馬とはいえ、体力にも限界はある。何度かの休憩を挟みながら二日の間馬を走らせ、ようやくウェスタリア領内へと帰ってきたのだろう。

宿泊を予定しているコツウェルとの国境沿いのこの町は、戦後は王室の直轄領であり、屋敷の管理は先王の代からの重臣のデートリヒ伯爵が行っているはずだ。

けれど屋敷に入ると、てっきり出迎えがあるかと思えば中は薄暗く、シンと静まりかえっていた。

「あれ？　デートリヒ伯爵は？」

「かなり遅い時間に到着する予定だったからな、出迎えは不要だと伝えておいた」

「そうだったんだ……」

この姿を屋敷中の人間に見られなかったことに、こっそり安堵する。

もう目が覚めたし、歩けると主張しても、結局リーンハルトは離してくれなかった。

さらに、そのまま二階へ続く大きな階段を登っていく。

どうやら、部屋に着くまで下ろす気はないようだ。

正直気恥ずかしかったが、リーンハルトは満足そうな顔をしているし、それ以上は櫂斗も何も言わなかった。

まあ、こんな機会もうないだろうし……。

大の男がお姫様抱っこをされているのだ。傍から見れば滑稽でしかないと思ったが、それでもリーンハルトの温もりに触れていたかった。

二階の客室に着くと、ようやくベッドの上に櫂斗は下ろされた。

「湯浴みの用意はしてあるようだから、汗を流したかったら使うといい。それが終わったらとにかく早く休め。後でまた、様子を見に来る」

説明し、部屋の出入り口へと向かおうとするリーンハルトの腕を、咄嗟に耀斗は引いた。

すると弾かれたように、リーンハルトが振り返る。

「あ、ごめん……」

「いや、少し驚いただけだ。それより、どうした？」

「その……話したいことがあって」

「疲れてるだろう？　明日の朝じゃダメなのか？」

「体力ならあるから大丈夫、それに馬車の中でゆっくり休ませてもらったし。できれば、今日中に話がしたい」

申し訳なさそうに言えば、リーンハルトは少し考えるようなそぶりを見せたが、最終的には耀斗の意見を受け入れてくれた。

「わかった。だが、俺も兵たちに明日の説明しなければならないし、来るのは一時間後くらいになると思うが……それでもいいか？」

「大丈夫」

「もし眠くなったら、そのまま寝ていてくれてもいい」

「うん、ありがとう」

耀斗の返事を聞くと、今度こそリーンハルトは部屋を出ていった。

とりあえず、湯浴みをさせてもらおう。

乾燥しているとはいえ、それでも二日風呂(ふろ)に入れていないのはやはり気持ちが悪かった。

こういうところは、以前いた世界の価値観を捨てきれない。

耀斗はあらかじめ用意されていた大きな布を手に持ち、部屋についている浴室へ向かった。

二日の間に、馬車の中でウェスタリア側の事情は全て聞いていた。

耀斗が予想していた通り、シラクトスとの国境沿いの護(まも)りが手薄になっていることを知らせたのは、リーンハルトだった。

返答が遅くなったのは、隣国を通してシラクトスに手紙を届けていたため、時間がかかったのだそうだ。

ダリントン公の裏切りに関しても、既にリーンハルトは把握しており、今回の件がなかったとしても捕縛する機会を狙っていた。

娘のアデリーナは父の裏切りに気づいており、それをリーンハルトに報告してくれていたのだという。

耀斗が予想していた通り、ダリントン公は裁かれた他の二公と同じくウェスタリアを裏切り、イスファリアに情報を流していた。

　エリアスの潔白が証明された後、自身の罪が露見するのを恐れ、他の二公に全ての罪を着せたのだそうだ。

　アデリーナは気丈な、しっかりとした女性で、ダリントン公の罪を全て公にする条件として、ダリントン家の存続と、自身の弟が爵位を継ぐことを請いに来たのだそうだ。

　そんなことは全く知らず、密かに嫉妬してしまったことを思い出し、恥ずかしくなる。

　恋愛が関わると人は頭が悪くなるって本当なんだな、とこっそりと反省した。

　そしてこの数日間にダリントン公は捕縛され、今は裁きの時を牢獄で待っている最中だという。

　何も知らぬダリントン公を城での食事に招き、酒が入ったところでヴェルトに合図を送り、大勢の兵に取り囲ませたそうだ。

　まさに、チェーザレ・ボルジアも驚く手際のよさだ。

「もうお前を害する者はいない。安心して、ウェスタリアに帰ってきて欲しい」

　真剣な表情でリーンハルトに言われ、少し怯みながら櫂斗は頷いた。

　思えば初めて櫂斗の顔を見た瞬間、ダリントン公は真っ青になっていた。

　まるで、亡霊でも見たような表情だった。

　同情する気にはなれなかったが、この十年間、自身の罪をひた隠しに生きてきたダリントン公のことを哀れに思った。

リーンハルトは、イスファリアでのことを燿斗に何も聞かなかった。

とにかく、無事でいてくれて、生きて帰ってきてくれてよかったと、ことあるごとにそう口にしていた。

だからこそ、燿斗は話さなければいけないと思った。

イスファリアで自分が聞いた話の全てを。


「まだ、起きてたのか？」

湯浴みを終えてきたのだろう。

一時間ほど後、部屋に入ってきたリーンハルトからは、微かに石鹼(せっけん)のにおいがした。

「言っただろう？　馬車の中で休ませてもらったから、大丈夫だって」

燿斗がそう言えば、リーンハルトは少し困ったような顔をした。

「それで？　話したいこととは？」

長居をするつもりはないのだろう。仁王立ちのまま言ったリーンハルトに、自分の隣、ベッドに座るよう促す。

少し躊躇いながらも、リーンハルトが燿斗の隣に座る。思えば、改まってこんなに近くで話すのは初めてだった。

　この二日ほど、狭い馬車の中にずっといたこともあり、感覚が麻痺（まひ）しているのかもしれない。ってことよりベッドの上……？　なんか、緊張してきた。

　誘ったのは櫂斗からとはいえ、好きな人と夜遅くに部屋で二人きりという状況に、落ち着かない気分になる。

　とにかく、早く話そう。そう決心すると櫂斗はリーンハルトの方を向き、ようやく重い口を開いた。

　櫂斗はエーベルハルトから聞いた話を全て、事細かにリーンハルトへ話した。

　エリアスはもう死んでいるのだし、この世界に戻ってくることはない。

　それでも、エリアスの最期をすぐにでもリーンハルトに話したかった。話さなければいけないと思った。

　リーンハルトは黙って櫂斗の話を聞き続けた。

　表情は変わっていないが、思うところはあったのだろう。

　全てを話し終えても、しばらくリーンハルトはなんの言葉も発しなかった。櫂斗はその隣で、静かにリーンハルトが気持ちを整えるのを待った。

「俺に、これを言う権利はないかもしれない。だが……」

　言葉を選ぶように、慎重にリーンハルトが話し始める。

「エリアスが、笑顔で死を迎えられたことは、せめてもの救いだったと思う……」

絞り出すような声で、リーンハルトが言った。

自分に泣く権利などないと思っているのか、懸命に涙をこらえる素の姿は、見ている耀斗まで辛くなった。

エーベルハルトを守ることができたエリアスが最後に見せたのは、笑顔だった。

「うん。俺これまでずっと、エリアスのことがかわいそうだと、不幸だと思っていた。だけどそうじゃない。そんなふうに解釈するのは、あまりにエリアスに失礼だ。エリアスは最後まで、リーンハルトの騎士として生きたんだから」

耀斗の言葉に、リーンハルトは何も言わなかった。そのまましばらくの間、部屋の中に沈黙が流れた。

「リーンハルト」

名前を呼べば、隣にいるリーンハルトが耀斗の方に視線を向けた。

「俺、この世界に来られてよかったよ。あのまま元の世界にいたら、俺はエリアスの最期を知ることもできなかったし、誰かを信じたり、大切にすることもできないままだった。俺をこの世界に呼んでくれて、もう一度あなたに会わせてくれて、ありがとう」

耀斗の言葉を聞いたリーンハルトは、ゆっくりと首を振った。

「礼を言うのは、俺の方だ。エリアスを亡くした後、とにかくエリアスに恥じぬよう、良き王となろうとした。生まれ変わったエリアスが、この国で幸せな生活ができるように。

だが、いつまで経ってもエリアスの生まれ変わりに会うことはできず、神官長からは、別の世界に生まれ変わっていると聞いた。居ても立ってもいられず、エリアスの生まれ変わりであるお前を召喚した。だが、お前に幸せになって欲しいなんて言っておきながら、幸せを感じたのは俺の方だった」

まるで懺悔(ざんげ)でもするかのように、深刻な表情でそう言ったリーンハルトに、櫂斗が戸惑う。

「いいんだよ。前に言っただろう？　俺はリーンハルトにも幸せになって欲しいって。今もその気持ちは変わらないよ。だって、好きな人には幸せでいて欲しいから」

笑顔でそう言えば、リーンハルトが怪訝そうに櫂斗を見る。

あれ？

そこで櫂斗は、先ほど自分が発した言葉の内容に気づく。

うわあ、今俺、なんて言った？

「今の言葉は、どういう意味だ？」

「えーっと……その……」

リーンハルトは聞き逃してくれることなく、強く問われる。櫂斗はしどろもどろになる。

「あの、この流れで言うのはなんかずるいかなって思うんだけど。俺、リーンハルトのことが好きだよ。でも、リーンハルトの気持ちは知ってるし、別に……」

振り向いて欲しいとか、そういうわけじゃない。

その言葉を口にする前に、耀斗の唇は、リーンハルトのそれで塞がれた。

え……？

驚く耀斗の身体を、リーンハルトは強く抱きしめ、口づけはどんどん深くなっていく。

リーンハルトの熱い舌が口腔内に入ってきたところで、ようやく我に返る。

「ま、待って……！」

首を振り、リーンハルトの身体をめいっぱい押す。

「……嫌なのか？」

「いや、そうじゃなくて」

嫌じゃない。驚きはしたけれど、嬉しかった。

だけどこの口づけは、自分が受けるべきものではないことを耀斗はわかっている。

「ごめん、俺はリーンハルトのことが好きだけど、リーンハルトがエリアスのことを好きだって知ってる。最初は、エリアスの代わりでもいいかなって、思ったりもした。だけど、やっぱり嫌なんだ。別に俺のことを好きになってくれなくてもいい、だけど俺をエリアスの代わりにはしないで欲しい」

心臓が早鐘を打つのが聞こえる。まだ、先ほどの口づけの感触が残っていて、自然と頬が赤くなる。

だけど、ここで流されちゃダメだ。最初はよくても、いつかは自分のことを見てもらえないことに、悲しくなるから。

「よく意味がわからないんだが……俺がエリアスのことが好きで、お前をエリアスの代わりにしようとしていると、そうお前は捉えているということでいいか？」

「捉えるも何も、そういうことだろう？」

「違う」

「へ？」

「俺はエリアスのことを、そういった目で見たことはこれまで一度もない」

「……え？」

眉間に皺を寄せ、苦い表情でリーンハルトが言う。

「勿論、尊敬しているし、兄のように慕ってはいる。だが、それは恋愛感情じゃない。そして、それはエリアスも一緒だ」

信じられない思いで、耀斗はリーンハルトの言葉を聞き続けた。

「え？　だけど……前に自分が愛しているのは、結婚を望んではいけない相手だって……」

「それは……俺の失態のせいで非業の死を遂げさせたエリアスの生まれ変わりなんだ。自分を愛して欲しいと、あまつさえ結婚を望むことなどできるわけがないだろう？」

つまり、リーンハルトが言っていたのは、燿斗のことだったのか。

「そ、そうだったんだ……」

リーンハルトの言葉の真意がわかると、ますます頬に熱が溜まっていく。恥ずかしい、だけど、すごく嬉しい。

「俺、エリアスみたいに温厚じゃないし、口だって悪いよ。戦術なら、負けないかもしれないけど……馬にだって乗れないし」

それでもいいの？

燿斗が聞けば、リーンハルトが頬を緩めた。

「ああ。頭は良いのに少し無鉄砲で、すぐに怒るしすぐに泣く、真っすぐで優しい、燿斗だから愛してるんだ」

「なんだよ、それ……」

それじゃあ俺、子供みたいじゃん。

笑いながら、燿斗が頬を膨らませる。リーンハルトは微笑み、燿斗の唇に、もう一度ゆっくりと口づけた。

ランタンの灯を弱めると、部屋の中は随分薄暗くなった。

ぼんやりと薄暗い中でも、目の前にあるリーンハルトの顔は美しいままだ。

これまで隠してきた相手への気持ちを伝え、糴斗とリーンハルトはいわゆる両想いとなった。

互いに子供ではないのだ。気持ちを伝えあったら、それ以上に相手のことを欲しくなる。

ただ、そうはいってもあまりに急速ではないだろうか。そんなことを思いながら、糴斗は自身を押し倒しているリーンハルトの顔をじっと見つめる。

「なんだ？」

「いや、その……さっきまで疲れてるから休みたいみたいなこと、言ってなかったっけ？」

「体力ならあるから大丈夫だと言っていなかったか？」

確かに言った。だけど、質問に質問で返すのはずるい。

そもそも、告白をしたその場で押し倒されるなんて思わなかった。

「リーンハルトって、もしかして手が早い？」

「何を言っているんだ、お前相手だからに決まってるだろう」

思い切り顔を顰めて言われる。先ほどまでの殊勝な、遠慮がちな態度はどこに行ったんだ。

「……明日じゃダメなの？」

「明日になって、やはり気が変わった、間違いだったと言われるのが怖い」

絶望するような顔で言ったリーンハルトの言葉に、燿斗は小さくため息をつく。

そんなことあるわけないのに。だけどまあ、自分たちの関係を考えると、不安になるのも仕方がないか。

「言っておくけど俺、初めてだから。女相手も、男相手も」

恥ずかしがっても仕方がないし、不慣れなのを誤魔化す方が決まりが悪い。

だから燿斗は、開き直って全てリーンハルトに話した。

「そう……なのか？」

リーンハルトの声は、どことなく嬉しそうだ。

「これまで親しい人間を作ってこなかったから、こういった関係に発展することもなかったんだよ。だから」

ちゃんと優しくして欲しい。

ぼそりと呟けば、リーンハルトがふっと鼻で息をするように笑った。

「ああ、勿論だ」

リーンハルトの言葉に、燿斗は小さく笑んだ。

ふわふわとしたキスも気持ちが良いが、互いに舌を絡ませるような濃密なキスは、ぞくぞくする。

湿ったリーンハルトの舌が、櫂斗の口の中を探るように動く。

唇を動かしながら、器用に手を動かし、櫂斗が身に着けている服も剝いでいく。

湯浴みを終えた後に身に着けた、リーンハルトが用意してくれていた清潔なブラウスと、ズボンだ。

けれど、服の上からまさぐるように触れていた手は、服がはだけた途端、なぜか止まった。

既に唇は離れており、リーンハルトがじっと櫂斗の身体を見つめているのがわかる。

「……何？」

「あまりに美しくて……思わず、触れるのを躊躇ってしまった」

雰囲気を出すためではなく、本気の声色でリーンハルトは言った。

肌は確かに滑らかだとは思うが、なんの変哲もない男の身体だ。むしろ最近は身体を動かしていないこともあり、筋肉も以前より減っている。

対して、目の前にあるリーンハルトの身体は、胸板も厚く、しっかりとした筋肉がついているのがわかる。

「……俺も、少し鍛えようかな」

呟き、リーンハルトの肌に触れる。思った通り逞しく、弾力があった。

けれど、それが何かの合図になったのだろう。リーンハルトはすぐさま櫂斗の胸元へと舌を這わせ始めた。

「ん……っ！」

胸の尖りを何度も刺激され、勃ち上がったのがわかる。もう片方の尖りは、指の腹で嬲られる。

男性でも性感帯になるのだと聞いたことはあったが、実際そこをいじられるとひどく気持ちが良かった。

「はっ………！」

自然と声が出てしまう。静まりかえった部屋の中、櫂斗の声は殊更よく響いた。

外に聞こえないかと気を揉んだが、この部屋は奥まった場所にあるためおそらく平気だろう。

不思議な気分だった。

以前は誰よりも憎み、絶対に許さないと思った相手を愛し、身体に触れて欲しいと思っている。

リーンハルトの手は優しく、触れられるたびに切なさと嬉しさで、小刻みに身体が震える。

胸の尖りから、唇は少しずつ下りていき、その間も舌は櫂斗の身体を舐め回していく。

「ふっ……あっ…………！」

横腹のゆるやかな線を舌が這い、大きな手が櫂斗の中心にやんわりと触る。

既にかたちを変えたそこを、ゆっくりと扱(しご)かれる。

リーンハルトが性の嗜好(しこう)が男性だという話は聞いたことがない。

記憶の中のリーンハルトがいい雰囲気だったのは、全て女性相手だった。それでも、リーンハルトは櫂斗の性器を躊躇うことなく何度も扱いている。

「あっ……はっ……あっ…………！」

元々、櫂斗は性欲が強い方ではなく、こういった方面への興味はほとんど持ったことがない。

けれど、今の自分は身体をびくびくと震わせ、もっと触って欲しいと訴えている。

「ダメ、もう……」

達してしまう。

そう思った時、根元をギュッと摑まれた。

戸惑いながらリーンハルトを見つめると、愉快そうな笑みを向けられる。

もうちょっとだったのに、意地悪。

口を開こうとすれば、出たのは抗議の言葉ではなかった。

「ひあっ………！」

リーンハルトの指が、櫂斗の隘路(あいろ)にゆっくりと入ってきた。

いく。

枕元にあった香油か何かを使っているのだろう。櫂斗の中を、指はスムーズに動いていく。

何、これ……。

痛みはないが、これといって気持ちが良いわけではない、独特の感覚だった。

「指、増やすぞ」

無理、これ以上入るわけない。そう思ったが、二本目の指も、三本目の指も、時間とともに櫂斗の隘路に入っていく。

「あっ！　あっ…………！」

指が増え、狭い部分が拡げられるにつれ、自分の声が高くなっていくことに気づく。

もっと奥の、深いところまで指で触れて欲しい。

喘ぎながらリーンハルトを見つめると、ひどく優し気な瞳で櫂斗のことを見ていた。

「悪い……そろそろ、俺も限界だ」

「え？」

指が抜かれ、両足を大きく開かれる。

リーンハルトの大きく硬いものの先端が、櫂斗の秘孔に突きつけられる。

「ああっ…………！　はっ！」

指とは比べものにならないものが、挿入されていく。さすがに衝撃を感じ、目がチカチカした。

　燿斗が落ち着くまで、リーンハルトは動かずに強く抱きしめてくれていた。そして息が整ったのがわかると、やんわりと腰を動かし始める。

「すごいな、お前の中。蠢(うごめ)いてる」

「ちょ……言わないで……！」

　恥ずかしくてたまらない。けれど、リーンハルトの言葉は止まらない。

「わかるか？　お前のここ、こんなに小さいのに、俺のことを受け入れてる」

「だ、から！　言わない、でよ！」

　揺さぶられながら、絞り出すように言葉を伝える。

　リーンハルトが嬉しそうに、腰を前後させる。

「あっ……あっ……やっ………」

　触れ合う肌の感触が、心地よい。動きが激しくなり、肌と肌がぶつかるたびに、燿斗はリーンハルトの腕をギュっと掴む。

　自分の内壁が、リーンハルトの張りつめた欲望を強く締めつける。律動が速くなり、苦し気に、けれど気持ちが良さそうに、リーンハルトが顔を顰めた。

「カイト」

　リーンハルトが燿斗の名を呼び、その身体を強く抱きしめた。

自分の胎の中が、リーンハルトのもので濡れていく感覚を覚えた。同時に自分の性器の先端からも、蜜がこぼれていた。

「好きだ。この世界の誰よりも、愛してる」

燿斗を抱きしめたままリーンハルトが囁いた。

それに応えるように、燿斗はリーンハルトの身体を摑んだ。

そこで、燿斗の意識はゆっくりと途絶えた。


久しぶりに、夢を見た。

過去の、エリアスの記憶ではなかった。夢の中の燿斗は、真っ白い空間の中で、エリアスと向き合っていた。

自分とよく似た姿かたちを持つエリアスは、燿斗に対し優しく微笑み、その口を開いた。

『ありがとう』

歌うような、軽やかな言葉だった。

『リーンハルトのこと、よろしくね』

あ……！

勿論、任せて。

そんなふうに応えようと思ったのだが、それだけ言うとエリアスはふわりとその場から消えてしまった。

待って、エリアス！

名前を呼ぼうとしたところで、耀斗の目が覚めた。

うっすらと目を開ければ、耀斗の隣には、リーンハルトが眠っていた。

リーンハルトが目を覚ましたら、さっきの話をしよう。

ただの夢かもしれない。だけど、それでもエリアスの話をリーンハルトにしたかった。

耀斗は幸せな気持ちのまま、リーンハルトの隣で再び目を閉じた。

朝になったら、また話そう。自分たちには、たくさんの時間があるのだから。

◇◇◇

城から一刻ほど離れたその場所には、四季折々の様々な草花が咲き誇っていた。

一見すると、美しい庭園のようにも見えるが、ごく一部の人間しか立ち入りが許されない特別な場所でもある。

「ねえカイト、まだ着かないの～？」

手を繋いでいるルカは、最初こそ初めての遠出を喜んでいたが、馬車に乗っている間にすっかり飽きてしまったようだ。

「もう少し、あとちょっとでお父様に会えるよ」

カイトがそう言うと、ルカは背筋を伸ばし、こくりと頷いた。

城から少し離れた霊園。ここに、歴代のウェスタリアの王族は眠っている。


コツウェルから戻って一カ月。ハインリヒの命日が近いことを知った yuto は、ルカを霊園に連れていくことをリーンハルトに提案した。

リーンハルトは二つ返事で了承し、リーンハルト自身も一緒に向かうことになった。

以前は幼いルカを父の墓に連れていくことを躊躇したが、今のルカなら受け入れられるだろうと判断したためだ。

「ここに、お父様が眠ってるの？」

「そうだよ」

櫂斗がそう言うと、ルカが胸の前でその小さな指を交互に組み、瞳を閉じた。櫂斗もリーンハルトも、同じように祈りを捧げる。


帰りの馬車の中。ルカは櫂斗の膝に頭を乗せ、ぐっすりと眠ってしまった。

今日は朝が早かったし、初めて来る場所に緊張もしたのだろう。

「ルカ、嬉しそうだったね」

「ああ」

目の前に座るリーンハルトにそう言えば、穏やかな表情で頷かれた。

「ねえリーンハルト、お願いがあるんだけど」

「わかった」

「待って、まだ内容言ってない」

「お前の願いは叶えると決めてるから、問題ない」

相変わらずのリーンハルトの言動に苦笑しながら、耀斗は言葉を続ける。

「もし、もし俺がこの先死ぬことがあったら。できればリーンハルトの隣で眠りたい」

霊園で眠ることができるのは原則として王族だけだが、ごく一部の忠臣、騎士は王の隣に墓石が作られることが許された。

「それは騎士として、ということか？」

「ダメかな？」

リーンハルトが、少し考えるようなそぶりを見せる。

「お前に頼まれなくとも、そうするつもりだ。だが、俺が考えてたのは騎士としてじゃない」

どういう意味だろうか。耀斗が首を傾げる。

「伴侶として、俺の隣に永遠にいてくれないか」

リーンハルトの言葉に、耀斗は大きく目を瞠った。

突然のことに驚きすぎて、言葉も出てこない。

「……少し、考えさせて」

熱くなる頬に手を当て、こっそりと呟く。

リーンハルトが微笑み、ゆっくりと頷いた。

終

あとがき

はじめまして、またはこんにちは。はなのみやこです。

今作は、自分の原点だと思ってる「異世界」ものです。

元々ファンタジーは大好きなのですが、ある日突然異世界に……みたいな物語、ワクワクしませんか？

ただ今作の櫂斗にとって、異世界転移は決して嬉しいものではなく、初っ端からかなり怒ってます。

ネタバレになるのであんまり言えませんが、多分こんなに攻に対して強気な受を書いたのは、デビュー作以来だと思います。

攻がどうやって受の心を解きほぐしてくのか、楽しんでいただけたら嬉しいです。

さて、王様や王太子という為政者側の人間を書くことが多いのですが、権力や立場だけを魅力にするのではなく「良き王」になるよう励んでいる姿も書くようにしています。受のことは一番大切だけど、だけど王として国も国民も守らなければならない、その狭間で苦悩する姿が、王様（ないし王太子）攻の魅力だと思うからです。

今作の攻であるリーンハルトも、色々と苦悩しております。その辺りも読んでいただけたらいいなあと思います。

今回、イラストは公私ともに大変お世話になっているヤスヒロ先生にお願いしました。受の櫂斗が美人！　って設定なのでヤスヒロ先生はどう描いてくださるのかな～と楽しみにしていたのですが。すごくかっこいい美人さんに描いていただけました。リーンハルトもすごく素敵です。ありがとうございます。

そして担当F様、色々と抜けている私をいつも優しくフォローしてくださってありがとうございます。

最後にこの本をお手に取ってくださった読者様。私が小説を書けるのは、読者様がいるからです。いつも本当に、ありがとうございます。

ちょっと詰め込みすぎてしまった感はあるのですが、書いていてすごく楽しかったお話です。

読んでくださった方にも、楽しんでいただけたらいいなあと思います。

また、どこかでお会いできましたら幸いです。

令和6年　夏　はなのみやこ

本作品は書き下ろしです。

ラルーナ文庫

この本を読んでのご意見・ご感想・ファンレターなどお待ちしております。**〒110-0015 東京都台東区東上野3-30-1 東上野ビル7階 株式会社シーラボ「ラルーナ文庫編集部」**気付でお送りください。

転生騎士に捧げる王の愛と懺悔

2024年10月7日 第1刷発行

著　　　者｜はなのみやこ

装丁・DTP｜萩原 七唱

発　行　人｜曺 仁警

発　行　所｜株式会社 シーラボ
〒110-0015　東京都台東区東上野3-30-1　東上野ビル7階
電話　03 5830-3474／FAX　03-5830-3574
http://lalunabunko.com

発　売　元｜株式会社 三交社（共同出版社・流通責任出版社）
〒110-0015　東京都台東区東上野1-7-15
ヒューリック東上野一丁目ビル3階
電話　03-5826-4424／FAX　03-5826-4425

印刷・製本｜中央精版印刷株式会社

　ISBN978-4-8155-3298-7